조선의 좌우명

책상 앞에 붙인 글

조선의 좌우명

박동욱 지음

경인문화사

서문

좌우명은 글자 그대로 말하자면 자리 오른편에 붙여 놓고 늘 마음속에 새기려고 써 둔 글을 말한다. 지금도 좌우명은 평생 간직할 다짐이나 각오 정도로 흔히들 쓰고 있다. 조선시대 잠명(箴銘)은 지금 우리가 말하는 좌우명과 유사한 글이다. 여기에 해당하는 글은 경계(警戒), 다짐, 처세, 견해 등의 내용을 담고 있다. 자신을 위한 글이지만 때로는 남에게 주기도 했고, 새해나 입춘 등 특별한 날에 다짐을 적기도 했다.

한평생 잘 사는 일은 쉽지 않다. 잘 산다는 것은 남다른 업적과 행동을 남기는 것을 의미하기도 하지만, 세상이나 사람에게 오욕이나 망신당하지 않는다는 뜻도 함께 담고 있다. 사소한 오점(汚點)이라도 남게 되면, 평생 그 흔적을 지우려 노력해도 지우기 어렵고 흔적으로만 기억되기 쉽다. 그러니 지금의 삶을 늘 점검하고 경계하며, 다짐하고 반성하는 일이 필요하다. 좌우명은 그런 의미에서 항상 지금껏 살아온 자신의 삶을 한 번쯤 반성하고, 앞으로 살아갈 자신의 삶을 다짐한다는 의미에서 꼭 필요한 글이라 할 수 있다.

세상은 급격하게 변했지만 옛사람들의 글은 지금 독자에게도 여전히 많은 것을 시사한다. 그들은 더 좋은 사람이 되고자 끊임없이 자신을 몰아댔다. 이쯤이면 됐다는 생각보다 아직도 멀었다는 생각에서다. 좌우명을 주제별로 분류해 놓았으니 꼭 첫 장부터 읽지 않고 편하게 손 가는 대로 읽어도 좋다.

작년에는 여러모로 일이 많았다. 남쪽에서 훈풍이 부는 줄 알았더니 여전히 된바람이었다. 외로운 참호에서 아무런 엄호와 지원도 없이 지루한 전투를 치르다 노병이 되어버린 느낌이다. 이제 승리도 패배도 의미가 없어져버렸다. 인생은 뼈저리게 외로운 것이란 생각이 든다. "내가 신을 배반하지 않았는데, 신은 어째서 나를 황량한 땅에서 떠돌며 벌을 받게 하신단 말입니까?(我不負神 神何殛我越荒州?)" 이 시구가 나의 마음이다. 여기에 실린 글들은 힘든 시기에 내게 위로가 되어주었으니 독자들에게도 이러한 위로가 그대로 전해지길 바란다.

2023년 2월 21일 국립중앙도서관에서 쓴다.

목차

서문   004

1부 조심하고 경계하다

술 조심

책상 앞에 붙인 글 1	술 조심	016
책상 앞에 붙인 글 2	취한 모습을 보이지 마라	019
책상 앞에 붙인 글 3	말조심, 술 조심	021
책상 앞에 붙인 글 4	한도를 정해 놓고 술을 마셔라	023
책상 앞에 붙인 글 5	술 취한 나의 모습	026
책상 앞에 붙인 글 6	석 잔 이상은 마시지 말라	028

말조심

책상 앞에 붙인 글 7	입조심	032
책상 앞에 붙인 글 8	할 말만 말하고 들을 말만 들어라	034
책상 앞에 붙인 글 9	말의 속뜻을 아는 일	037
책상 앞에 붙인 글 10	세 번 입을 꿰매라	039

음식 조심

책상 앞에 붙인 글 11 적게 먹어라 044

책상 앞에 붙인 글 12 밥상에서 046

책상 앞에 붙인 글 13 쇳물과 우유죽 048

여색 경계

책상 앞에 붙인 글 14 사람의 욕망처럼 험한 것은 없다 054

책상 앞에 붙인 글 15 여색을 전갈처럼 두려워하고 원수처럼 피하라 057

책상 앞에 붙인 글 16 맹렬한 불길처럼 날뛰는 호랑이처럼 061

견해

책상 앞에 붙인 글 17 세 번 쯤 생각하라 066

책상 앞에 붙인 글 18 좋아할 일, 두려워할 일 069

책상 앞에 붙인 글 19 걱정을 해야 걱정이 사라진다 074

책상 앞에 붙인 글 20 가장 뛰어나다는 것 077

책상 앞에 붙인 글 21 마음까지 잠들지 말라 081

책상 앞에 붙인 글 22 곰곰이 생각하라 085

책상 앞에 붙인 글 23 배움은 부지런히 해야 한다 088

책상 앞에 붙인 글 24 촛불로 어둠을 밝히리라 090

책상 앞에 붙인 글 25 형제는 본래 하나이다 094

책상 앞에 붙인 글 26 손해되는 벗, 도움되는 벗 101

책상 앞에 붙인 글 27 사랑하는 법, 미워하는 법 103

책상 앞에 붙인 글 28 깨닫고 자득하리라 106

책상 앞에 붙인 글 29 얼굴에 다 드러난다 107

2부 세상을 사는 법

처세

책상 앞에 붙인 글 30 　만족함을 알았다면 그쳐라 　114

책상 앞에 붙인 글 31 　흰 달과 맑은 바람 　118

책상 앞에 붙인 글 32 　내 몸을 지켜라 　121

책상 앞에 붙인 글 33 　작은 일에 최선을 다하라 　124

책상 앞에 붙인 글 34 　단단한 소나무처럼 찬란한 해처럼 　127

책상 앞에 붙인 글 35 　치욕을 멀리하는 법 　130

책상 앞에 붙인 글 36 　벽에도 귀가 있다 　134

책상 앞에 붙인 글 37 　진짜 어리석음 　137

책상 앞에 붙인 글 38 　움직이지 않음의 쉽고 어려움 　140

책상 앞에 붙인 글 39 　사귐을 조심해라 　142

책상 앞에 붙인 글 40 　남들의 장점을 배워라 　144

책상 앞에 붙인 글 41 　해야 할 일, 하지 않아야 할 일 　147

책상 앞에 붙인 글 42 　속이지 않아야 할 네 가지 　149

책상 앞에 붙인 글 43 　깨끗한 거울처럼 잔잔한 물결처럼 　151

책상 앞에 붙인 글 44 　이치와 의리를 따져라 　153

책상 앞에 붙인 글 45 　한 세상 그럭저럭 살았다 　155

책상 앞에 붙인 글 46 　고쳐야 할 여섯 가지 　157

책상 앞에 붙인 글 47 　잘못을 고쳐라 　159

책상 앞에 붙인 글 48 　부끄럽지 않은 삶 　161

책상 앞에 붙인 글 49   여섯 가지 참아야 할 일   162

책상 앞에 붙인 글 50   달인의 조건   164

책상 앞에 붙인 글 51   매사에 조심하라   167

책상 앞에 붙인 글 52   어려운 일부터 먼저 해야 한다   169

책상 앞에 붙인 글 53   리더에게 하는 충고   171

책상 앞에 붙인 글 54   무서운 백성들   175

3부 이렇게 살아 가리라

다짐

책상 앞에 붙인 글 55   스스로 경계하다   186

책상 앞에 붙인 글 56   어리석음을 씻어내라   190

책상 앞에 붙인 글 57   똑똑한 어리석음   194

책상 앞에 붙인 글 58   지켜야 할 네 가지   199

책상 앞에 붙인 글 59   스스로 경계함   200

책상 앞에 붙인 글 60   닥친 일에 집중하라   203

책상 앞에 붙인 글 61   잠시라도 게을러지지 말라   205

책상 앞에 붙인 글 62   선한 마음으로 늘 새롭게   207

책상 앞에 붙인 글 63   날마다 새롭게 스스로 힘써라   209

책상 앞에 붙인 글 64   여섯 가지의 후회   213

책상 앞에 붙인 글 65   여덟 글자의 지혜   216

책상 앞에 붙인 글 66   절대로 게으르면 안 된다   218

책상 앞에 붙인 글 67   남의 잘못과 나쁜 점을 따지지 말라   220

책상 앞에 붙인 글 68   보고 듣는 법   222

책상 앞에 붙인 글 69   마음을 바꾸지 않으리   224

책상 앞에 붙인 글 70   선한 사람과 사귐을 가져라   227

책상 앞에 붙인 글 71   온종일 조심하고 두려워하라   231

책상 앞에 붙인 글 72   마음을 다 잡고 시간을 아껴라   233

책상 앞에 붙인 글 73   짧은 글 묵직한 다짐   236

책상 앞에 붙인 글 74   아홉 개의 생각과 태도   238

책상 앞에 붙인 글 75   스스로 경계하다   242

책상 앞에 붙인 글 76   산처럼 우뚝하게 못처럼 깊숙하게   244

책상 앞에 붙인 글 77   조심해야 할 다섯 가지   246

책상 앞에 붙인 글 78   기쁨과 노여움을 드러내지 말라   250

책상 앞에 붙인 글 79   짧지만 긴 글   252

책상 앞에 붙인 글 80   죽을 때까지 힘쓰라   254

책상 앞에 붙인 글 81   벙어리로 살련다   256

책상 앞에 붙인 글 82   저녁은 금세 찾아온다   258

책상 앞에 붙인 글 83   하루 종일 세 가지 일을 반성하다   260

책상 앞에 붙인 글 84   촛불 켜고 써내려간 좌우명   262

책상 앞에 붙인 글 85   오래되면 빛나리라   264

책상 앞에 붙인 글 86   너무 늦게 일어나지 마라   266

책상 앞에 붙인 글 87   **난 이렇게 살겠다**   268

책상 앞에 붙인 글 88   **뜻을 세워라**   271

책상 앞에 붙인 글 89   **평생 지킨 열 두 글자**   274

책상 앞에 붙인 글 90   **처음 마음으로 돌아가라**   276

책상 앞에 붙인 글 91   **새해 다짐**   278

책상 앞에 붙인 글 92   **나이 쉰에 맞는 새해**   282

1부

조심하고 경계하다

술 조심

술 조심

아! 술이여, 사람에게 화를 미치게 함이 혹독하구나. 창자를 썩혀서 병들게 하고, 본성을 어지럽혀 덕을 잃게 하는구나. 자신에 있어서는 몸을 상하게 하고, 나라에 있어서는 나라를 망하게 하는구나. 내가 그 독함을 맛보았거늘, 그대는 그 함정에 떨어졌구나. 억시에 경계함 있는데도 어찌 함께 힘쓰지 않겠는가. 굳건하게 막아야지만 스스로 많은 복을 구할 것이네.

嗟哉麴糵, 禍人之酷. 腐腸生疾, 迷性失德 在身戕身,
在國覆國. 我嘗其毒, 子陷其窖. 抑之有誡 胡不共勖.
剛以制之, 自求多福.

– 이황(李滉, 1501~1570), 「酒誡, 贈金應順」

이 글은 퇴계 선생이 제자인 김명원(金命元)에게 준 것이다. 이황이 56세에 도산서원에 머무를 때 한창 혈기 왕성한 23세의 김명원이 제자로 있었다. 자질은 뛰어났지만 생활 태도는 스승의 마음에 영 차지 않았다. 이황은 「김응순 수재의 시에 차운하다[次韻金應順秀才]」라는 시에서 "백 번 삶아야지 명주실도 희어지고, 천 번 갈아야지 거울도 밝아지네[百練絲能白, 千磨鏡始明]"라 하여, 품행과 학문에 더욱더 힘쓸 것을 권한 바 있다.

게다가 김명원(1534~1602)은 주사(酒邪)도 있었던 모양이다. 스승은 거기에 대한 경계로 이러한 글을 써 주었다. 술의 해악이 어디 한두 가지이겠는가. 독한 술로 인해서 속병이 들기도 하고, 스스로 성품을 어지럽게 만들기도 한다. 작게는 자기 한 몸을 상하게 하고, 크게는 나라를 망치게 할 수도 있다. 춘추 시대 위(衛)나라 무공(武公)은 95세에 「억(抑)」 시를 지어 악공(樂工)에게 날마다 읊게 하여 자신을 경계하였다. 거기에는 술에 관한 내용도 담고 있다. "술을 끊어야 인간 구실 할 수 있다." 스승은 짧지만 강한 메시지를 제자에게 전달한 셈이다.

제자는 스승의 충고를 깊이 새겼는지, 후에 그는 도원수
가 되어 왜적을 막았고 좌의정의 자리까지 오르게 된다.

취한 모습을 보이지 마라

친척끼리 나누는 정담이나 옛 친구와의 기쁜 모임에서는 술이 취해도 별문제가 없다고 말하지만 이것은 크게 잘못된 생각이다.

親戚情話, 故舊歡會. 曰無傷者, 是大錯也

– 윤선거(尹宣擧, 1610~1669), 「濡首箴」

평설

친척이나 옛 친구와의 술자리에서는 조금 흐트러지거나 실수해도 괜찮다고 흔히 생각한다. 그러나 술자리는 어느 사람과 함께하든지 예외 없이 조심해야 한다. 가까운 사이라도 술자리의 실수가 용납될 것이라 생각하는 것은 큰 착각이다. 주사(酒邪)는 육신의 문제가 아니라 정신의 문제다. 술을 먹고 광태(狂態)를 부렸다면 그것은 술에 의해서 없던 폭력성이 빙의(憑依)된 것이 아니라, 내 안에 있던 근원적인 폭력성이 술을 통해서 무장해제되어 드러난 것이다. 그러니 술은 정말로 조심하고 조심해야 한다. 남의 등짝에 업혀서 집에 돌아왔거나, 기억이 나지 않는 주사를 부렸던 사람은 술 마실 자격이 없다.

어석

* 유수(濡首): 목까지 빠진다는 뜻으로, 술에 취해 본성(本性)을 잃음을 일컫는 말. 『역경(易經)』에 "술을 마셔 머리를 적시는 것은 또한 절제를 모르는 것이다[飮酒濡首, 亦不知節也]"라고 했다.

말조심, 술 조심

술에 빠지지 말 것이니, 문란함의 계단이요, 경솔하게 말하지 말 것이니 재앙의 계단이다. ^(말의) 잘못은 없애기가 어렵고 ^{(주사(酒邪)를 부리면)} 술이 깨서 부끄러워진다. 몸은 이것으로 위태로워지고, 집은 이것으로 망하게 된다. 이것을 금하고 이것을 삼가서 보호하고 지켜야 한다. 잠깐이라도 잊을까 두려우니 마음과 입에다 새겨두라.

毋耽酒, 亂之階, 毋輕言, 禍之梯. 玷難磨, 醒則怕.
身以危, 家由敗. 是禁是慎, 以保以守. 恐斯須忘, 銘
諸心口.

– 권문해(權文海, 1534~1591), 「自警箴」

021

조선 중기의 학자 권문해가 43세(1576년) 때 지은 글이
다. 술과 말은 실수하기 아주 쉬우니, 아무리 조심해도
지나치지 않다. 적당하게 술을 먹고, 쓸 말만 하기란 사
실 쉽지 않다. 그중에 더욱 문제는 술이니, 술이 들어가
면 말조심을 하기 어렵기 때문이다. 또, 술이란 성욕을
자극하여 문란해지기 쉽고, 말이란 뜻하지 않은 재앙을
불러들이기 십상이다. 말을 잘못 내뱉으면 주워 담기
어렵고, 주사를 부리면 술이 깨서 부끄럽게 된다. 말과
술 때문에 작게는 인간관계를 망가뜨리고, 크게는 패가
망신(敗家亡身)까지도 할 수 있다.

한도를 정해 놓고 술을 마셔라

오직 술의 폐해는 한두 가지로 따지기 어렵다. 덕성은 이것 때문에 황폐해지고, 일은 이것 때문에 그만두게 된다. 나의 정신을 소모시키고, 나의 위엄을 망가뜨린다. 병이 항상 술 때문에 생기고, 재앙이 항상 술 때문에 만들어진다. 나 한 사람의 경우만 하더라도 덕성을 쌓고 학문을 하는 일을 술 때문에 모두 망쳐 버렸으니 실로 나를 침범한 도적이라 할 만하다. 저들은 미혹하여 깨닫지 못하고 도적을 자식이라 인정했도다. 자신을 해침도 기꺼이 받아들이니 아! 지혜롭지 못하도다. 성인은 마음 내키는 대로 하여도 스스로 어지러운 데에 이르지는 않는다. 이 때문에 오직 술에서도 주량의 한도가 있지 않으셨도다. 그러나 나와 같은 후학은 애초부터 수양한 것이 없어서 만일 주량을 정해놓지 않는다면 방탕하지 않을 수 있겠는가. 석 잔 술에 약간 취기가 돌라치면 어긋남이 오히려 많은데 하물며 다시 (술에 취해) 정신이 가물거리면 그 실수가 어떠하겠는가. 아! 나는 못난 사람이라서 늘 술 때문에 곤욕을 치렀다. 평소의 일 떠올려보며 지난 허물을 깊이 슬퍼하도다. 이제부터라도 한도를 정할 것을 마음속 깊이 경계하노니, 바라건대 재차 허물을 짓지 않아서 다시는 마음속으로 후회하지 않을 것이네.

惟酒之害, 難一二計. 德以之荒, 業以之廢. 耗我精神,
虧我威儀. 疾生恒斯, 禍作恒斯. 自吾一身, 於德於學,
酒皆敗之, 實我寇賊. 彼迷不覺, 認賊爲子. 甘心自戕,
嗚呼不智. 聖人從心, 自不及亂. 所以唯酒, 無有量限.
在我後學, 初無所養, 若不爲量, 能不流蕩. 三勺微醺,
所差尙多. 況復昏昏, 其失如何. 嗟余無似, 恒困於酒.
回想平生, 深悼往咎. 從今作限, 戒在心肺. 庶幾不貳,
更無底悔.

– 조익(趙翼, 1579~1655), 「酒箴」

조익(趙翼)은 김육의 대동법 시행을 적극적으로 주장하였고, 성리학의 대가로서 예학(禮學)에 밝았다. 『국조인물고』에 "공은 성품이 술을 좋아하였으나, 뒤에 부모의 훈계로 다시는 술을 입에 대지 않았다"라 나오니 술 문제에서 만큼은 그도 자유롭지 못했던 것 같다.

술 때문에 생기는 문제가 어디 한두 가지 이겠는가. 덕성과 일, 정신과 위엄이 이것 때문에 망가지거나 해롭게 된다. 게다가 술은 병을 일으키기도, 화(禍)를 초래하기도 한다. 그러나 사람들은 술이 도적인데도 자식처럼 여긴다. 성인(聖人)이야 원래부터 자기 조절이 가능한 사람이니, 정해진 주량이 있지 않아도 실수하는 법이 없다. 『논어』「향당(鄕黨)」에 "술에 대해서만은 일정한 양을 정해 두지 않았는데, 어지러운 지경에는 이르지 않게 하였다[唯酒無量 不及亂]"라는 말이 나온다. 하지만 보통 사람은 주량을 정해 놓지 않으면 실수를 저지르기 십상이니 조심하며 마시지 않을 수 없다. 술자리만 가지게 되면 새벽이 밝아올 때까지 자리를 지키고, 주사(酒邪)를 부리고도 부끄럽지 않다면 그런 사람은 술 마실 자격이 있겠는가.

술 취한 나의 모습

술이 깨었을 때 술 취한 사람의 모습을 보면, 자기가 술에 취해 어떻게 남에게 비웃음을 받는지를 알 수 있다.

醒而見醉者, 知有人笑我之醉者.

– 남공철(南公轍, 1760~1840), 「酒箴」

평설

과도한 음주는 술이 깬 뒤에 후회와 숙취를 동반한다. 그러나 자신의 취한 모습을 확인할 길은 없다. 정신이 멀쩡할 때 술 취한 사람의 모습을 찬찬히 살펴보면, 자신이 취했을 때 남들이 어떻게 보았을지를 짐작할 수

있다. 술자리에서 부끄러웠던 적이 없었던가 자문하게
만드는 글이다.

석 잔 이상은 마시지 말라

동짓날 밤에 호사(壺社)에서 술을 마시면서 잔치를 했는데 유문(孺文)이 나에게 권하여 주잠을 지었다. 자네의 성품은 맑고 고요하니 물건으로 마음에 누를 끼치게 하지 말라. 술은 무슨 좋은 것이 있겠는가. 자네로 하여금 통쾌하게 많이 마시게 만든다. 자네의 모습에는 삼감이 없게 하고 자네의 말에는 믿음이 없게 하니 너의 자포자기가 어두운 곳에서도 잘 보인다. 부모는 걱정하고 친구는 잠언을 만들어 네가 예의 있게 마실 것을 경계하노니 석 잔을 넘게 마시지 말라.

南至夜, 飮讌于壺社, 孺文勸余作酒箴.

爾性湛靜, 物莫累心. 酒有何好. 俾爾酣淫. 爾儀無翼,爾言無諓, 爾之暴棄, 不顯其臨. 父母維憂, 朋友維箴.
儆爾禮飲, 毋過三斝.

- 남유용(南有容, 1698~1773), 「酒箴」

평설

　유문(孺文)은 김은택(金殷澤)의 자(字)이다. 뒤에 이름을 순택(純澤)이라 바꿨다. 남유용의 매부이기도 하다. 그는 남유용의 문집을 편찬하는 데 주도적인 일을 맡기도 했다. 술이 좋을 게 무엇이 있겠는가? 행동은 거침없이 만들고, 말은 이런저런 것 가리지 않고 마구 떠들게 만든다. 그러니 적당량의 음주가 필요하다. 술을 마구잡이로 먹다가는 망신살이 뻗치게 될 수도 있다. 딱 석 잔만마셔라. 술은 기분만 좋으면서 실수가 없을 때까지 그정도만 즐기면 된다.

말조심

입조심

말을 할 때는 말을 해야 하고, 말하지 않아야 될 때는 입을 다물어야 한다. 말을 해야 할 때 말하지 않아서는 안 되고, 말하지 않아야 할 때 말을 해서도 안 된다. 입이여! 입이여! 이와 같이만 하거라.

言而言, 不言而不言. 言而不言不可, 不言而言亦不可. 口乎口乎! 如是而已.

— 안방준(安邦俊, 1573~1654), 「口箴」

평설

모든 불행은 자신의 말로부터 시작된다. 언제 말을 입 밖으로 꺼내야 하는지, 언제 입을 다물어야 하는지

결정하기란 쉽지 않다. 말을 하지 않을 때 입을 나불거리면 패가망신하기 십상이고, 꼭 할 말을 해야 할 때 입을 닫아버리면 자기 주관도 없는 빙충이가 될 뿐이다. 그러니 무조건 자기 의견을 제시하는 것도, 입을 닫고 침묵하는 것도 능사는 아니다. 상황에 따라 발언과 침묵을 결정해야 한다.

할 말만 말하고 들을 말만 들어라

말이여! 말이여! 마음에서 말이 나와 전쟁도 일으키고 우호도 맺게 되니 어찌 말을 삼가지 않겠는가. 말할 때 말을 하면 무슨 말에 해로움 있으리오. 문명의 시기에는 이러한 아름다운 말에 절을 했는데, 세상이 어지러울 때는 이러한 추한 말을 좋아했네. 우제(虞帝)가 훈계를 내린 데에는 두려운 것이 교묘한 말이었고, 한나라 군주가 다스릴 때 멀리한 것은 달콤한 말이었네. 진실로 추한 말은 미워하고 아름다운 말은 좋아한다면 모든 조정의 관원들이 날마다 아름다운 말 올릴 것이네. 나의 말 삼가고 남의 말 가려서 그 말들을 듣고 따른다면 말에 유익함이 있으리라. 그런 뒤에야 이로움이 있게 되면 말 없는 것보다 유익하리라.

言今言今. 因心而言, 興戎出好, 胡不慎言. 當言而言,
何害斯言. 時之文明, 拜斯昌言, 世之衰亂, 好斯莠言.
虞帝垂訓, 畏者巧言, 漢主爲治, 遠者利言. 苟疾莠言,
而好昌言, 凡百有位, 日進嘉言. 慎此己言, 揀彼人言,
于聽于從, 有得於言. 然後爲益, 益於無言.

- 정조(正祖, 1752~1800), 「言箴」

평설

보통 사람에게도 말의 중요성이야 아무리 강조해도
지나치지 않다. 한 개인도 이러한데, 나라를 책임지는
국왕의 말이란 엄청난 책임과 무게가 뒤따르게 마련이
다. 윗사람이 말을 가려서 하는 것도 중요하지만 그에
못지않게 듣는 것도 중요하다. 듣기에 좋은 달콤한 말
에만 빠진다면 신하들이 눈치를 보면서 아부와 아첨하
는 말만 올리게 된다. 한 마디라도 신중하게 내뱉고, 한
마디라도 진위를 가려서 듣는다면 나라가 저절로 바르
게 될 수밖에 없다. 임금이 기분에 따라 아무 말이나 하
고, 시정잡배만도 못한 사람들의 이야기에 혹한다면 그
러한 나라에 과연 희망이 있겠는가.

* 전쟁도 나고 우호도 맺나니[興戎出好]: 정이천(程伊川)의 「사물잠(四勿箴)」 중 언잠(言箴)에서 "하물며 말이란 지도리라 전쟁도 일으키고 우호도 맺게 하나니 길흉과 영욕이 오직 말이 부르는 바이네[矧是樞機, 興戎出好, 吉凶榮辱, 惟其所召]"라 하였다.

* 아름다운 말에 절을 했고[拜斯昌言]: 우배창언(禹拜昌言)이란 말과 같다. 우왕은 도리에 합당한 말을 들으면 절하며 받아들였다는 말로, 『서경(書經)』 대우모(大禹謨)에 나온다.

* 우제가 훈계를 내린 것[虞帝垂訓]: 우제는 순(舜)임금을 가리킨다. 『주역』 태괘(兌卦)에 "구오는 양(陽)을 해치는 박을 믿으면 위태로움이 있으리라[九五, 孚于剝, 有厲]" 하였는데, 그 전(傳)에서 정이천이 말하기를, "비록 순임금과 같은 성인이라도 말을 교묘하게 하고 낯빛을 좋게 하는 자를 두려워하였으니, 어찌 경계하지 않으랴. 기쁨이 사람을 미혹하게 함은 받아들여지기 쉬워 이처럼 두려워할 만하다[雖舜之聖, 且畏巧言令色, 安得不戒也. 說之惑人, 易入而可懼也如此]" 하였다.

말의 속뜻을 아는 일

낚시터에 있던 강태공의 말은 충성된 것 같고, 남을 꾀는 사람의 말은 공손한 것 같으며, 남의 허물을 드러내는 사람의 말은 공평한 것 같다. 이 때문에 군자는 말을 들으면 이치를 살펴서, 오직 이치를 얻었다면 말이 마음에서 우러나온 줄을 알게 된다.

磯人之言似忠, 餂人之言似恭, 訐人之言似公. 是以君子聽言而詧理, 惟理得則知言之由中.

– 이학규(李學逵, 1770~1835),「知言箴」

평설

지언(知言)은 남이 하는 말의 속뜻을 정확하게 파악하

는 것을 말한다. 『맹자(孟子)』 「공손추 상(公孫丑上)」에 맹자가 '지언(知言)'에 관해 설명한 말이 나온다. 세 종류의 말은 충성스럽고, 공손스러우며, 공평하게 들린다. 이 중에 강태공의 말만이 표현과 실질이 다르지 않았다. 가짜일수록 더 그럴듯한 법이다. 그래서 말 자체만으로는 시비(是非)와 곡직(曲直)을 판단하기란 쉽지 않다. 그렇다면 어떻게 그 말의 참과 거짓을 알 수 있을까? 그럴 듯한지가 아니라 이치에 맞는지가 판단의 근거가 되어야 한다.

세 번 입을 꿰매라

말의 실수는 군자가 걱정하는 것이다. 말을 두고서 순임금은 전쟁을 일으키기도 한다 했고, 부열은 부끄러움을 일으킨다 했네. 경솔하게 말을 하면 허튼소리가 되고 주저리주저리 말을 하면 지루해지네. 함부로 말을 하면 상대는 거슬려 하고 거칠게 말을 하면 오는 말도 틀어지네. 흰 구슬의 흠은 갈아 없앨 수 있지만 네 마리가 끄는 말로도 말[言]은 따라잡기 어렵네. 재화(災禍)는 혹 이유 없이 찾아오고 환란은 으레 예측할 수 없네. 수치와 모욕이 이미 극에 달한 뒤에 더욱 후회한들 무슨 도움이 있겠는가. 어수의 경계[語樹之戒]와 촉항의 두려운[屬垣之懼, 담장에 귀를 대고 엿듣는] 일은 옛날에 있어도 오히려 그러하였는데, 하물며 말세에 있어서랴. 나는 속마음을 털어놓으나 눈을 흘겨보는 사람이 많고, 이전에는 친구였던 무리가 지금에는 원수가 되었네. 일침을 놓아 상대를 물리치기 어렵다면 입을 꽉 다무는 것도 본받을 만하네. 잠언을 지어서 벽에 걸고 보면서 성찰하려 하네.

樞機之失, 君子所憂. 舜謂興戎, 說云起羞. 易誕煩支, 肆忤悖違. 圭玷尚磨, 駟舌難追. 灾或無妄, 患輒不測. 羞辱旣極, 尤悔何益. 語樹之戒, 屬垣之懼. 在古猶然, 矧爾末路. 我則輸心, 人多側目. 昔者朋類, 今爲仇敵. 難施一針, 可法三緘. 作箴揭壁, 用備省監.

- 조관빈(趙觀彬, 1691~1757), 「愼口箴」

평설

　말의 실수에 대해 네 가지로 예시를 들었다. 말의 실수는 한번 저지르면 회복하기 힘들다. 또, 말은 하는 사람의 본의보다 듣는 사람의 해석이 중요하다. 내가 솔직하고 진실하게 말한다 해도 상대방이 곡해하거나 왜곡하여 들을 수도 있고, 다른 사람에게 내 이야기를 전달할 수도 있다. 말의 적정선은 찾기 어렵고 힘드니 차라리 침묵을 지키는 것이 나을 때가 더 많다. 조관빈은 왜 이렇게 말에 대해서 신중할 것을 강조했을까? 그는 평생토록 파직과 유배를 여러 번 반복하였다. 그가 무심코 했던 말들이 자신의 궁액(窮厄)을 초래했다고 생각한 것은 아니었을까?

음식 조심

적게 먹어라

적당히 먹으면 편안하고, 과하게 먹으면 부대낀다. 너의 마음을 엄격히 하여, 입이 꾀더라도 넘어가지 말라.

適喫則安, 過喫則否. 儼爾天君, 無爲口誘.

－이양연(李亮淵, 1771~1853),「節食牌銘(每臨飯, 少年一人, 擊牌作聲, 讀此銘而警衆)」

평설

이양연은 음식을 줄이자는 패를 만들어서 식사 때 마다 아이에게 읽게 하여서 음식을 적게 먹자는 다짐을 환기하였다. 여기에는 먹을 것에 휘둘리지 말 뿐 아니라, 곡식도 함께 아껴보자는 속내가 숨어 있다.

지금 세상은 먹거리에 있어서 결핍보다 과잉이 문제

가 되어버렸다. 기아(飢餓) 대신 비만을 걱정하는 시대로 접어든 지 오래다. 입에 당긴다 하더라도 무턱대고 다 입에다 욱여넣지 말라. 마음을 다잡고 먹을 것에 얽매여서는 안된다. 포만의 불편함보다 공복의 자유로움이 필요한 시점이다.

밥상에서

옷깃을 여미고 밥상을 대하여 먹을 때 예를 생각하라. 위장이 꽉 차면 속이 부대끼니 알맞은 맛으로 허기를 채워야 하네. 젓가락을 일정한 곳에 정돈하면, 의리가 정밀해지고 신묘하게 된다. 군자는 독실해야 할 것이니 너는 인을 어기는 일이 없도록 하라.

整襟對案, 當食思禮. 胃充中鞱, 充虛適味, 頓箸常處.
義精而神. 君子慥慥, 爾無違仁.

– 홍여하(洪汝河, 1621~1678), 「食箴」

평설

예절을 갖추어 밥을 먹어야 하니, 밥 먹는 순간도 허

투루 보낼 수는 없다. 과식하기보다는 허기를 달래줄 정도가 적당하다. 공복(空腹)보다 포만감이 더욱 불편하고 불쾌할 때도 적지 않다. 젓가락은 일정한 곳에 정돈해 두고 밥 먹는 순간이라도 인(仁)을 어겨서는 안 된다. 이렇게 밥상에서도 예(禮), 의(義), 인(仁)을 다 갖추려고 노력해야 함을 말했다. 대개 변변찮은 사람들은 식습관도 좋지 않으니, 먹는 모습에서도 그 사람을 읽을 수 있다.

쇳물과 우유죽

먹는 것은 중이 의지하여 도를 닦기도 하지만 이것이 잘못을 만드는 원인이 되기도 한다. 그리하여 식당에 명을 짓는다.

먹는 것이 적당하다 하자니 지옥에서 쇳물을 입에다가 부었고, 먹는 것이 적당하지 않다고 하자니 부처님도 우유죽[乳糜]을 마시었네. 약을 쓸 때 병에 알맞은지 보아야 하니 꼭 달아야만 된다든지 꼭 써야만 된다고 말하면 미친 사람 아니면 바보라네. 사물에 집착 있으면 해가 되지 않을 사물이 없고, 사물에 집착 없으면 어떤 사물이든 덕을 이루게 되네. 만일 마음에 집착하면 사물이 있든 없든 모두 문제가 되니, 먼저 깨친 사람들이 한 입 한 입 먹을 때마다 모두 생각하라 하셨지.

食者, 僧所倚以修道業, 而此所由以成過咎也. 於是
乎銘其堂云.
謂食以宜, 道洋銅灌口, 謂食以不宜, 乳糜或取. 惟樂
之設, 視疾之宜, 必甘必苦, 非狂卽癡. 物於其物, 物
無非賊, 無物之物, 物或成德. 苟存諸中, 有無俱玷,
先覺有言, 口口作念.

- 계응(戒膺),「食堂銘」

평설

　이 글은 사찰의 식당에 붙여 놓으려고 쓴 것이다. 먹
는 일은 생존에 꼭 필요하지만 그렇다고 늘 옳은 것만
은 아니다. 먹는 것이 옳은 일이라 하지만 지옥에서는
배가 고프면 고통만 가져다주는 쇳물을 목에 들이부었
고, 먹는 것이 옳지 않은 일이라 하지만 단식과 금식을
주로 하던 부처님도 고행하다 기력이 떨어져 거의 죽을
지경에 처녀가 가져다준 우유죽을 먹고 기운을 차려서
깨달음을 얻게 되었다. 그러니 상황에 따라 먹는 일이
나 먹지 않은 일이 옳은 일이 되기도 하고 그른 일이 되
기도 한다. 선승(禪僧)이라고 먹지 않은 일에만 집착하는

것도 결국 깨우침에 방해되는 일이다. 필요 이상으로 절식(絶食)하다가는 깨우침은 고사하고 생존도 보장하기 어렵기 때문이다. 아예 먹고 먹지 않음의 경계마저 깨부수는 것이 중요하다. 무조건 먹지 않아야 하는 집착에 빠지지 말고, 적당히 먹어 가며 수행하라는 선배 스님의 후배 스님을 향한 고언이다.

여색 경계

사람의 욕망처럼 험한 것은 없다

나는 기가 허하나 여색을 좋아해서 죽은 아내가 매번 경계했고, 더러는 정색하면서 야멸차게 물리치기도 했다. 그러므로 부인과 잠자리를 하는 순간에도 내키는 대로 하지 못했던 것은 대개 어렵게 여겨 꺼리는 것이 있어서 그러한 것이다. 홀아비로 산 이래로 친구들이 더러는 소실을 얻기를 권하였다. 만일 친구의 말과 같이 하였다면 안으로는 잠자리를 갖는 일에 경계가 없게 되었을 것이니 곧 그 성정을 잃고 생명을 해치는 일에 이르지 않았겠는가. 주자의 시에 이르기를 "세상에는 사람의 욕망처럼 험악한 것이 없으니, 몇 사람이나 여기에 이르러서 평생을 그르쳤는가"라고 했으니 일찍이 여러 번 되풀이하여 읊조렸다.

余氣虛而好色, 亡妻每每相戒. 或至正色峻斥. 故衽
席之間, 不得肆欲者, 蓋有所忌憚而然也. 鰥居以來,
親故或勸以卜姓, 萬一如親故之言, 而內無衽席之戒,
則其不至喪性而傷生乎. 朱子詩曰, "世上無如人欲險,
幾人到此誤平生" 未嘗不三復諷咏.

– 유도원(柳道源, 1721~1791), 「知非十戒」 중에 '色戒'

평설

성욕(性慾)이란 어쩌면 끊임없이 싸워야 할 화두(話頭)일
지도 모른다. 한 번의 실수로 그동안 어렵게 쌓아온 체
면이나 지위를 한 방에 잃을 수도 있다. 아내는 건강하
지도 못하면서 호색(好色)을 하는 남편이 걱정이었다. 그
래서 그 점에 대해 충고도 서슴지 않았고, 야멸치게 물
리치기도 했다. 아무리 부부 사이이지만 잠자리에서 멋
대로 자신의 욕구대로 할 수는 없었다. 홀아비가 된 이
후로 친구들이 소실을 들일 것을 권하기도 했으나 그도
마다하였다. 그러다 보니 자연스레 지나친 잠자리 때문
에 본성을 상실하거나 건강을 잃는 일도 저절로 사라졌

다. 법도에 맞는 부부 관계야말로 정돈된 생활의 시발(始發)이 될 수 있지만, 난잡한 부부 관계는 절제 없는 호색(好色)의 촉매(觸媒)가 되기도 한다는 사실을 이야기하고 있다.

여색을 전갈처럼 두려워하고
원수처럼 피하라

오직 남편과 아내는 인륜이 시작되는 곳이다. 이 뜻은 지극히 무거워서 천지에다 뿌리를 두고 있다. 『시경』에서는 주남과 소남을 맨 머리로 삼고, 『예기』에서는 대혼(大昏)을 삼갔다. 건곤과 함항은 큰 주역에서 말한 바이다. 오직 정이 친밀해서 거기에 빠지기가 쉽다. 옛날의 군자들은 경계하고 두려워하여 혼자 있을 때를 삼갔다. 부인과 도를 가지고서 교류하고, 예를 가지고서 대접하여 집안의 도가 바르면 어긋남이 없게 된다. 저 어두운 자를 보건대 이러한 뜻을 알지 못하여, 제멋대로 음욕을 행하는 것을 그만두지 않는다.

그 색정이 이미 불꽃같이 되자 성품이 따라서 고쳐지

게 된다. 그 위엄스러운 거동을 잃고 그 집과 나라도 버린다. 혈기가 얼마나 되어 스스로 숨기지 않을 수가 있겠는가. 병에 걸리면 죽음이 따라서 이르게 된다. 세월이란 흐르는 물과 같아서 어제는 꾀꼬리가 울더니 오늘은 매미가 운다. 여섯 마리 수레가 끄는 것처럼 세월이 빠르니, 차마 스스로 채찍을 때릴 것인가. 나는 이점을 잘 살펴서 욕망을 절제하고 정기를 모아야 한다. 호랑이 꼬리를 밟거나 초봄의 얼음 위를 걷는 듯이 조심스레 이 일생을 맡겨야 한다. 전갈과 같이 두려워하고, 원수와 같이 이를 피해야 한다. 정욕이 이기게 되면 다만 자기의 의지를 꾸짖는 것이 옳다. 수명을 늘리려는 것이 아니면 천명을 세우려고 하는 것이다. 시간이 흐를수록 저절로 효과를 보아 복을 받는 것이 끝이 없게 된다.

그 몸을 건장하게 하면 그 얼굴이 광택이 나며, 마음과 정신이 이미 깨끗하게 되면 꿈과 잠도 또한 편안하다. 나는 잠훈을 만들어서 자리 모퉁이에다 새기노라. 혹시라도 어기는 것이 있으면 신명이 반드시 너를 죽이리라.

維夫與婦, 人倫之始. 斯義至重, 根於天地 詩首二南,

禮謹大昏. 乾坤咸恒, 大易攸言. 惟其情密, 易於陷溺.

伊昔君子, 戒懼愼獨. 交之以道, 接之以禮. 家道順正,

靡所乖戾. 睠彼昧者, 不知此義. 肆行淫欲, 無不爲己.

其情旣熾, 性從而鑿. 喪其威儀, 棄其家國. 血氣幾何,

而不自祕. 疾病之生, 死亡隨至. 日月如流, 昨鷾今蟬.

六龍飛䜌, 忍自加鞭. 我其監此, 節欲儲精. 虎尾春冰

寄此一生. 如蠍斯畏, 如讐斯避. 爲彼所勝, 只可責志.

非欲引年, 所以立命. 久自見功, 受福無竟. 充壯其體,

光澤其顔, 心神旣淸, 夢寐亦安. 我用作箴. 勒之座隅.

有或違越, 神明必誅.

– 신기선 (申箕善, 1851~1909), 「戒色箴」

평설

  부부 사이는 인륜의 시작이다. 그만큼 중요한 관계이
니 더더욱 서로 조심하지 않을 수 없다. 색욕에 빠지는
출발점도 역시 부부로 보았다. 절제된 부부 생활을 통
해 정돈된 삶으로 위치 조정이 가능하다. 부부간에 만
약 절제된 생활을 하지 않는다면 제멋대로 음욕을 부리

게 된다. 그렇게 되면 자연스레 성품도 영향을 받지 않을 수 없다. 까딱 잘못하면 명예가 심각하게 훼손되어 패가망신하기 십상이다. 그도 아니라면 그것이 빌미가 되어 병에 걸리거나, 심하면 죽게 되는 지경에 이를 수도 있다. 성욕에 휘둘리지 말고 성욕을 이겨내야 한다. 이렇게 절제된 생활을 지속하다 보면 얼굴에는 자연스레 때깔이 나며, 꿈과 잠도 편안하게 된다. 성욕을 다스려야 온전한 삶을 살 수 있다.

맹렬한 불길처럼 날뛰는 호랑이처럼

식색은 본래 천성이지만 길흉이 경로로 삼는다. 수양을 잘하면 장차 성인을 바랄 수 있고, 외물을 따르면 죽을병에 들어가게 된다. 굶주리고 춥고 간에 깊이 성찰하고 으슥하고 어두운 데에서 더욱 경각심을 가져야 한다. 담장의 귀가 좌우에서 듣고 있고, 귀신의 눈이 매달려 있는 거울과 같이 보고 있다.

마치 솥에 있는 듯 끓고 볶일 수가 있고 칼에 베이고 갈라지듯 될 수도 있다. 나가고 물러나는 것은 내심으로 정해야 할 것이니 실오리나 터럭만 한 것도 모두 천명이 있게 된다. 한 번이라도 혹시 조용한 성찰을 잊게 되면 욕망이 다투어 침입하리니 불이 언덕과 들판을 맹렬히 태우고 범이 숲으로 달아나 마구 다니는 듯 되리

라. 몸을 상하게 하는 것을 형상과 그림자에 비유했으니 훈계했던 것들이 천고에 영원히 밝다. 공부하여 식색 제어 얻을 수 있다면 함정에 빠지는 일을 면할 수 있으리.

食色本天性, 吉凶爲路徑. 善養將希聖, 循物入死病.
飢寒要深省, 幽暗尤宜警. 墻耳左右聽, 鬼目如懸鏡.
煎熬若在鼎, 削割刀劍倂. 行違內須定, 絲髮儘有命.
一或忘主靜, 衆慾求侵競. 火燎丘原猛, 虎逸山林橫.
戕身比形影, 訓戒千古炯. 功夫得操柄, 庶幾免墮穽.

– 이익(李瀷, 1681~1764), 「食色戒」

평설

식욕과 성욕은 천성이긴 하지만 어떻게 다스리느냐에 따라 길할 수도 흉할 수도 있다. 이 문제에 대해서 남들은 담벼락의 귀처럼 귀신의 눈처럼 나를 주시하고 있으니, 어떤 상황이든 깊이 성찰하고 경각심을 가져야 한다. 식색의 문제는 해독도 만만치 않아서 끓는 솥과 날카로운 칼과 같다. 자신에 대한 성찰을 잘해야지 식색의 욕망을 제어할 수 있는데, 이것을 잃게 되면 맹렬한 불처럼 마구잡이로 다니는 호랑이처럼 막을 방법이 없다. 그러니 공부를 통해 이러한 욕망이 만들어 놓은 함정에 결단코 빠지지 말아야 한다.

견해

세 번 쯤 생각하라

내가 갑작스레 일을 처리하고서는 찬찬히 생각하지 않았던 것을 후회한다. 찬찬히 생각한 뒤에 일을 처리 했더라면 어찌 화가 따라오겠는가. 내가 불쑥 말을 뱉어놓고 나서는 다시 한번 더 생각하지 않았던 것을 후회한다. 찬찬히 생각한 뒤에 말을 꺼냈더라면 어찌 욕됨이 따라오겠는가. 생각은 하되 서둘지는 말 것이니 서둘러 생각하면 어긋남이 많아진다. 생각은 하되 너무 깊게 하지는 말 것이니 깊게 하면 의심이 많아진다. 헤아려서 절충해보건대 세 번쯤 생각하는 것이 가장 알맞다.

我卒作事, 悔不思之. 思而後行, 寧有禍隨. 我卒吐言, 悔不復思. 思而後吐, 寧有辱追. 思之勿遽, 遽則多違思之勿深, 深則多疑. 商酌折衷, 三思最宜.

− 이규보(李奎報, 1168~1241), 「思箴」

평설

  서둘러서 일을 처리하면 꼭 후회할 일이 생긴다. 찬
찬히 생각해 보고 결정해도 늦지 않는다. 생각이 떠오
르는 대로 말을 내뱉으면 당장은 시원할지 몰라도 이내
후회할 일이 생긴다. 찬찬히 생각해 보고 말을 해도 늦
지 않는다. 일 처리와 말은 신중하게 해야 뒤탈이 없다.
그러나 무슨 일이든 정도에 넘어서면 부족함만 못한 법
이다. 생각을 급히 하는 것도 좋지 않지만, 그렇다고 너
무 신중히 여러 번 해서도 안 된다. 그러다 보면 의심이
싹터서 일을 어그러지게 만들기 때문이다. 장고 끝에
악수를 두게 마련이니 한 세 번쯤 생각하고 결정하는
것이 옳다. 세 번은 실수도 의심도 막을 수 있는 적절한
숫자이다.

* 세 번쯤 생각하는 것이 가장 알맞다.[三思最宜] : 노(魯)나라의 대부 계문자(季文子)는 세 차례씩 생각한 후에 행동에 옮겼다. 공자는 이를 듣고 '두 번 생각하면 충분하다'라고 했다. 『논어』「공야장」에 "季文子三思而後行, 子聞之曰, 再思可矣"라고 나온다.

좋아할 일, 두려워할 일

유비자(有非子)가 무시옹(無是翁)을 찾아가서 말했다.

"요즘 여러 사람이 모여서 인물을 평가했습니다. 어떤 이는 옹(翁)을 사람답다고 하고 어떤 이는 옹을 사람답지 않다고 합니다. 옹은 어찌하여 누군가에게는 사람 대접을 받고, 누군가에는 사람 대접을 받지 못하는지요."

옹이 듣고 해명하였다.

"남들이 나를 보고서 사람답다고 하여도 내가 기뻐할 것이 없고, 남들이 나를 보고서 사람답지 않다고 하여도 내가 두려워할 것이 없습니다. 다만 사람다운 사람이 나를 사람답다고 하고 사람답지 않은 사람이 나를 사람답지 않다고 하는 것이 낫습니다.

나는 나를 사람답다고 하는 사람이 어떤 사람이며,

나를 사람답지 않다고 하는 사람이 어떠한 사람인지를 모릅니다. 사람다운 사람이 나를 사람답다고 하면 나는 기뻐할 일이요. 사람이 답지 않은 사람이 나를 사람답지 않다고 하면 나는 또한 기뻐할 일입니다. 그러나 사람다운 사람이 나를 사람답지 않다고 하면 나는 두려워할 일이요, 사람답지 않은 사람이 나를 사람답다고 하면 또한 두려워할 일입니다. 기뻐하거나 두려워하는 것은 마땅히 나를 사람답다고 하고 나를 사람답지 않다고 하는 사람이 사람다운 사람인지 아닌지를 살필 일입니다. 그러므로 오직 인(仁)한 사람이어야 능히 사람을 사랑할 수 있으며, 능히 사람을 미워할 수 있는 것입니다. 나를 사람답다고 하는 사람이 인한 사람입니까? 나를 사람답지 않다고 하는 사람이 인한 사람입니까?"라고 하였다. 유비자가 웃으면서 물러갔다. 무시옹이 이것으로 잠(箴)을 지어 자신을 일깨웠다.

잠에 이른다.

자도(子都)가 잘생긴 것이야 누구나 아름답다고 하지 않으랴? 역아(易牙)가 만든 음식이야 누구나 맛있다고 하지 않으랴? 좋아함과 미워함이 시끄러운데 어째서 자신을 반성(反省)하지는 않는가?

有非子造無是翁曰, 日有群議人物者. 人有人翁者.
人有不人翁者. 翁何或圖人於人. 或不人於人乎. 翁聞
而解之曰. 人人吾. 吾不喜. 人不人吾. 吾人懼. 不如
其人人吾而其不人不人吾. 吾且未知. 人吾之人何人
也. 不人吾之人何人也. 人而人吾則可喜也. 不人而不
人吾則亦可喜也. 人而不人五則可懼也. 不人而人吾
則亦可懼也. 喜與懼當審其人吾不人吾之人之人不人
如何耳. 故曰油仁人爲能愛人. 能惡人. 其人吾之人仁
人乎. 不人吾之人仁人乎. 有非子笑而退. 無是翁因作
箴以自警. 箴曰 子都之姣. 疇不爲美. 易牙所調. 疇
不爲旨. 好惡粉然. 盍求諸己.

- 이달충(李達衷, 1309~1385), 「愛惡箴」

평설

  사람은 늘 평가받고 평가하며 살아간다. 사람들의 평
가를 모두 무시할 수는 없지만 그렇다고 모두 받아들일
필요도 없다. 모든 사람에게 좋은 평가를 받는 사람이

꼭 좋은 사람이란 법은 없다. 내가 남들에게 평가받는 것은 크게 네 분류로 나누어 볼 수 있다.

첫째, 제대로 된 사람이 나를 사람답다고 평가한다면, 이거야말로 내가 제대로 된 사람이란 뜻이다. 둘째, 제대로 되지 않은 사람이 나를 사람답지 않다고 평가한다면, 역설적으로 나는 제대로 된 사람이란 뜻이다. 셋째, 제대로 된 사람이 나보고 그렇게 살면 안 된다고 나무란다면, 나는 제대로 살고 있지 않다는 뜻이다. 넷째, 제대로 되지 않은 사람이 나를 사람답다고 평가한다면 나도 역시 그처럼 제대로 못 살고 있다는 뜻이다. 앞에 두 개는 기뻐할 만 일이고 뒤에 두 개는 두려워할 만한 일이라 할 수 있다.

평가가 중요한 것이 아니라, 평가의 주체가 누구냐가 중요하다. 평가의 주체가 잘못되었다면, 그런 사람이 했던 평가는 의미가 없기 때문이다. 그런데도 왜 남들의 평가에 일희일비(一喜一悲)하는가? 사람들의 평가에만 집착하다 보니 결국 나다운 나는 없고 남들의 평가 속의 나만 존재하게 되어 버린 것은 아닐까.

어석

* 유비자(有非子) 무시옹(無是翁): 유비(有非)와 무시(無是)는 모두 가공(架空)의 인물이다.

* 오직 인(仁)한 사람이어야 능히 사람을 사랑할 수 있으며, 능히 사람을 미워할 수 있는 것입니다.[油仁人爲能愛人. 能惡人]: 『논어』「이인(里仁)」에 "子曰, 唯仁者, 能好人, 能惡人"라고 한데서 나온 말이다.

* 자도(子都): 춘추시대 정(鄭)나라의 미남자.

* 역아(易牙): 제나라 환공의 신하로서 음식을 잘 만들기로 유명했다.

걱정을 해야 걱정이 사라진다

걱정은 즐거움에서 생기고 즐거움은 걱정에서 생기니, 사람이 작은 두려움이 없다면 반드시 큰 걱정이 있게 된다. 백성들은 매우 많으니 만승 천자의 걱정이다. 하지만 하나의 도시락밥에 배부르기가 쉬우니 거지 아이가 무슨 걱정이 있으랴. 걱정이 있는 자는 반드시 삼가야 할 것이니 삼가면 걱정이 적다. 즐거운 자는 반드시 방탕하게 되고 방탕하면 걱정이 많게 된다. 사람이 세상을 살아갈 적에 버리기 어려운 것은 걱정이다. 그 걱정할 만한 것을 걱정하면 거의 걱정이 없게 되며, 오직 충성되게 하고 오직 믿음이 있게 하면 이러한 걱정에는 미치지 않는다. 횡역(橫逆)이 온다고 한들 내가 다시 무슨 걱정을 하리오.

憂生於樂, 樂生於憂. 人無少恐, 必有大憂. 兆民至繁,

萬乘之憂. 簞食易飽, 丐兒何憂. 憂者必愼, 愼則少憂.

樂者必放, 放而多憂. 人之生世, 難捨者憂. 憂其可憂,

庶幾無憂, 惟忠惟信, 不逮是憂. 横逆之來, 我復何憂.

– 오원(吳瑗, 1700~1740), 「憂箴 庚子」

평설

이 글은 1720년에 지어졌는데 당시 오원(吳瑗)의 나이
21세였다. 어린 나이지만 걱정[憂]과 즐거움[樂]에 대한
탁견을 보여준다. 정말 즐겁고자 한다면 걱정을 해야
한다. 걱정하지 않았다가는 정말 걱정할 거리가 찾아온
다. 즐거우려고 먼저 걱정을 하든 즐겁다가 뒤에 걱정
을 하든 인간은 끝내 걱정 속에 살아가야 한다. 걱정은
삼감[愼]과 즐거움은 방탕함[放]과 각각 짝을 이루다가 정
반대의 길로 간다. 걱정을 하는 자는 즐거움의 길로, 즐
거움을 찾는 자는 걱정의 길로 가야 한다. 또 걱정을 없
애려면 결국 걱정을 해야 한다. 걱정을 막는 비장의 무
기는 충(忠)과 신(信)이 있을 뿐이다. 간혹 걱정을 전혀 하
지 않는 무사태평한 사람도 만날 수 있다. 자기 자신은

세상 걱정이 전혀 없는 사람이다. 그런데 이런 사람은
스스로는 걱정이 없을지 몰라도 남에게 걱정을 끼친다.

가장 뛰어나다는 것

북산(北山)에서 나는 나무가 비록 아름답다고는 하지만 삽사(馺娑)와 영광(靈光)과 같은 궁궐을 만드는 데 사용하자면 반드시 나무를 다듬어야 하고, 곤륜산(崑崙山)에서 나는 옥이 비록 아름답다고는 하지만 환규(桓圭)와 곡벽(穀璧)에 사용하자면 반드시 옥을 손질해야 한다. 사람의 자질도 비록 훌륭하게 타고났지만 이름을 드날리는 일에 써먹자면 반드시 친구가 도와주어야 한다.

친구가 좋지 않다면 자못 솜씨 없는 목수가 나무를 다루고, 재주 없는 장인이 옥을 다루는 것 같으므로 반드시 이루어지지 않을 것이다. 수없이 많은 사람 속에서 가장 뛰어난 사람을 친구로 삼지 못하면 선비가 아니다. 자신이 가장 뛰어난 사람이 된 뒤에야 가장 잘난 사람이 자신에게 오는 것이니 가장 뛰어난 사람과 어울리고자 한다면 마땅히 먼저 자신을 가장 뛰어난 사람으로 만들어야 한다. 가장 뛰어나다고 하는 것은 또한 한 가지가 아니다. 글로 제일가는 것도 가장 뛰어난 것이고, 재주로 제일가는 것도 가장 뛰어난 것이며, 기술로 제일가는 것도 가장 뛰어난 것이고, 용모로 제일가는 것도 가장 뛰어난 것이며, 말로 제일가는 것도 가장 뛰어난 것이니 가장 뛰어나다는 것은 마찬가지이지만 모두 내가 말하는 가장 뛰어나다는 것은 아니다. 내가 말하는 가장 뛰어나다는 것은 오직 덕이나 학문이 가장 뛰어나다는 것이다.

北山之木, 雖美矣, 然用之於馺娑靈光則必須削之斲之, 西崑之玉, 雖美矣, 然用之於桓圭穀璧則必須琢之磨之. 人之資質, 雖美矣, 然用之爲器業則必須友以輔之. 友而非良, 殆猶拙匠之攻材, 庸工之治璞, 其不成必矣. 游於萬人之海, 而不得與第一流友者, 非士也. 顧己爲第一人, 然後第一流至, 欲與第一流友, 當先使己爲第一人. 第一者, 亦不一道. 文之第一, 第一

也, 才之第一, 第一也, 技之第一, 第一也, 貌之第一,
第一也, 言之第一, 第一也, 第一, 一也, 皆非吾所謂
第一也. 吾所謂第一者, 其唯德之第一乎, 學之第一乎.

- 신흠(申欽, 1566~1628), 「擇交篇」

평설

　자신에게 가장 영향을 미치는 사람 중에 친구만 한
이가 있을까. 마중지봉(麻中之蓬)이라 했으니, 삼밭에 쑥
을 기르면 곧게 자라지 않던 쑥이 삼을 닮아 곧바로 자
란다는 말이다. 자질만 뛰어나다고 훌륭한 인물이 되
는 것이 아니다. 좋은 가능성을 바른 방향으로 인도해
주는 친구가 필요하다. 어릴 때 잘못된 친구를 만나 전
혀 잘못된 방향으로 빠져들어 가서 다시는 원래의 바른
길로 돌아오지 못하는 경우도 많다. 뛰어난 사람을 친
구로 삼으려면 우선 자신이 그와 걸맞은 뛰어난 사람이
되어야 한다. 재주와 기술, 용모, 글, 말이 뛰어난 것도
뛰어난 것임이 분명하다. 그러나 무엇보다 덕성과 학문
이 뛰어난 것이 참다운 뛰어남이다. 나의 덕과 학문은
뛰어난 사람들을 만나기에 과연 충분한지 자문해 본다.

* 삽사(馺娑): 한(漢)나라 궁전의 이름이다.

* 영광(靈光): 한 경제(漢景帝)의 아들 공왕(恭王)이 건립한 궁
  전 이름이다.

* 환규(桓圭)와 곡벽(穀璧): 주대(周代)에 신분을 따라 나타내
  는 서물(瑞物). 왕은 진규(鎭圭)를, 공(公)은 환규(桓圭)를, 후
  (侯)는 신규(信圭)를, 백(伯)은 궁규(躬圭)를, 자(子)는 곡벽(穀璧)
  을, 남(男)은 포벽(蒲璧)을 들었다 한다. 『주례(周禮)』 참조.

마음까지 잠들지 말라

세상 사람들이 잠을 좋아하여 밤에도 반드시 밤새 잠을 자고 낮에도 더러 잠을 잔다. 잠이 부족하면 모두 병으로 여긴다. 그러므로 서로 안부를 물을 적에는 먹는 것과 덧붙여서 반드시 "잠은 잘 자고 밥은 잘 먹는지"에 관해서 물어본다. 이것으로 사람들이 잠을 중요시 하는 것을 알 수 있다.

내가 젊은 날 잠이 적었음에도 병을 앓지 않았다. 그런데 요즘에 와서는 잠이 많아질수록 점차 쇠약해지니 스스로 그 까닭을 모를 노릇이다. 곰곰이 생각해보니, 잠이란 것은 병으로 가는 길이다. 사람의 몸은 혼과 백을 두 가지 작용으로 삼는다. 혼은 양(陽)이고 백은 음(陰)이 된다. 음이 성하면 사람이 쇠하여 병이 들고, 양이 성하면 사람이 건강하고 병이 없게 된다. 잠을 자면 혼이 나가고 백이 그 안에서 일을 꾸며서 음이 성대해져 쇠약해지고 병드는 것은 뻔한 일이다. 잠들지 않으면 혼이 제 기능을 다해서 스스로 능히 백을 제어하고 양으로 하여금 침입하지 못하게 한다. 그러므로 마땅히 잠을 너무 많이 자서는 안 된다.

경전에 이른다. "번뇌의 독사가 네 마음에 잠들어 있으니 독사가 사라져야만 바야흐로 편히 잠들 수 있다." 세상의 잠꾸러기들은 모두 독사 같은 번뇌에 곤욕을 당하는 것과 같으니 어찌 두렵지 않겠는가. 이에 잠(箴)을 지어 스스로 경계하여 말한다.

아! 성성옹(惺惺翁)이여, 눈은 잠들게 하더라도 마음은 잠들게 하지 말라. 눈만 잠들면 마음을 밝힐 수 있다지만, 마음마저 잠들면 음백(陰魄)이 침입한다. 백이 침범하여 양이 부서지면 몸은 변하여 음이 되니 그리하여 귀신과 더불어 서로 찾게 될 것이니, 아! 두렵구나. 성성옹이여.

世人嗜睡, 夜必終夜, 睡晝或睡. 睡而不足, 則咸以爲
病. 故相問訊者, 至以配於食, 必曰眠食如何. 可見人
之重睡也. 余少日少睡, 亦不病, 年來漸多睡漸衰, 不
自知其故. 熟思之則睡乃病之道也. 人身以魂魄爲二
用. 魂陽也, 魄陰也. 陰盛則人衰且病, 陽盛則人康无
疾. 睡則魂出, 魄用事于中, 故陰以之盛而致衰疾, 固
也. 不睡則魂得其用, 自能制魄, 使不得侵陽也. 睡宜
不過多也. 經云, "煩惱毒蛇, 睡在汝心, 毒蛇已去, 方
可安眠." 世之嗜睡者, 皆爲惱蛇所困也. 豈不可懼歟
仍箴以自警曰 吁惺惺翁! 宜睡眼勿睡心. 睡眼則可
以炤心, 睡心則陰魄來侵. 魄侵陽剝體化爲陰, 其與
鬼相尋, 吁可畏惺翁.

- 허균(許筠, 1569~1618), 「睡箴 幷引」

평설

　잠은 잘수록 더 자고 싶어진다. 일정 수준의 수면 시
간보다 더 잠을 청하면 도리어 몸이 더 찌뿌둥해진다.
게다가 전반적으로 몸의 균형이 깨져서 무기력해지기
까지 한다. 허균은 음양(陰陽)과 혼백(魂魄)의 비유를 통해

잠에 관해 말한다. 잠을 자면 혼(魂)이 나가고 백(魄)이 주로 활동을 해서 음(陰)이 성대해지니 쇠약해지고 병이 든다는 말이다. 그러나 정작 이 글에서 하고픈 말은 수면(睡眠)에 대한 경계만은 아니다. 몸은 깨어 있다지만 마음이 잠들어 있다면, 그거야말로 더욱 큰일이 아닐 수 없다. 그렇다면 잠들어 있는 몸도 몸이거니와, 잠들어 있는 정신과 마음을 깨우는 것이 더 중요하다. 지금 이 순간 내 마음은 미몽(迷夢)을 헤매고 있지는 않은가.

곰곰이 생각하라

　배움이란 말은 『서경』 열명에 처음 나오고, 『논어』 첫머리에 요체가 실려 있다네. 배움이란 무엇인가. 성인이 행했던 일을 본받는 것이네. 그러니 옥돌을 자르고 썰고 쪼고 갈듯 배움을 닦아야 하네. 노여움을 다른 곳으로 옮기지 않고 잘못을 두 번 반복하지 않는 것은 안씨(顏氏)의 배움이었고, 충신(忠信)하고 배운 것을 익힘은 증자(曾子)의 학업이었네. 이것을 행하기만 하면 되는 것이니 성인이 어찌 다른 사람이겠는가. 생각을 가라앉히고 곰곰이 찾음이 바로 배움의 근원이다.

學之爲言, 肇自說命. 魯論篇首, 又挈其領. 學之維何. 效聖之爲. 切之磋之, 琢之磨之. 不遷不貳. 顏氏之學,

忠信傳習, 曾子之業, 爲之則是, 聖何人焉. 潛思玩繹,
乃學之原.

– 이현일(李玄逸, 1627~1704),「好學箴」

평설

  이 글은 배움에 관한 잠언이다.『서경(書經)』「열명(說命)」에 "생각의 처음과 끝을 배움에 둔다면 저도 모르게 덕이 닦일 것입니다[念終始, 典于學, 厥德修, 罔覺]"라고 하였으니, 옛날 부열(傅說)이 고종(高宗)에게 경계한 말이다. 또,『논어』의 첫머리에는「학이(學而)」편이 나온다. 이처럼 경전에서 중요시할 만큼 배움이란 중요한 일이다. 그렇다면 왜 학문을 하는가? 구전문사(求田問舍, 자기가 부칠 논밭이나 집을 구하는 데만 마음을 쓴다는 뜻), 곧 제 몸 하나만 출세하려고 배우는 것이 아니라, 성인의 행동을 본받으려고 배우는 것이다. 그러니 옥을 쪼고 갈고 자르듯이 자신을 혹독하게 단련하지 않을 수 없다. 안회(顔回)는 노여움을 다른 곳으로 옮기지 않았고, 같은 잘못을 두 번 반복하지 않았으며, 증자(曾子)는 하루에 세 가지 일을 가지고 자신을 반성하였다. 이들처럼 철저한 노력 속에서 성인이 될 수도 있으니, 성인이 꼭 태어난 자질에 의해서 오르는 경지는 아니다. 끝으로 배움의 근원을 찬찬히 생각하여[潛思] 곰곰이 찾는 것[玩繹]에서 찾은 것이 인상적이다. 결국 배운다는 것은 깊이 생각하여 남다른 의미를 찾아내는 것이라 할 수 있다.

어석

* 안회는~않았으며:『논어』「옹야(雍也)」에 "애공(哀公)이 묻기를 '제자 중에서 누가 학문을 좋아합니까?' 하자 공자가 대답하기를 '안회(顔回)가 학문을 좋아하며 노여움을 옮기지 않고 과실을 두 번 짓지 않습니다' 했다[哀公問弟子, 孰爲好學, 孔子對曰, '有顔回者, 好學, 不遷怒, 不貳過']"하였다.

* 증자는~반성하였다:『논어(論語)』「학이(學而)」에 "증자가 "나는 하루에 세 가지로 자신을 반성하오니, 남을 위해 도모함에 충성스럽지 않았던가? 벗을 사귐에 신의가 있지 않았던가? 전수한 것을 복습하지 않았던가?[曾子曰, 吾日三省吾身, 爲人謀而不忠乎, 與朋友交而不信乎, 傳不習乎]"라고 하였다.

배움은 부지런히 해야 한다

밤중의 어두움은 달을 기다려 밝아지고, 사람의 덕행은 배움을 기다려 이루어지네. 밤에 만일 달이 없으면 눈을 감고 어두운 곳을 가는 것 같고, 사람이 만일 배우지 않으면 옷을 입은 짐승과 같도다. 아아! 달을 기다린다고 달이 오는 것이 아니고, 배움을 기다린다고 배움이 면밀해지는 것도 아니다. 배움은 모름지기 부지런해야만 얻게 되고, 달도 때가 되면 밝음이 있으리라.

夜之黯黮, 待月而明, 人之德業, 待學而成. 夜如無月,
摘埴冥行, 人如不學, 獸而衿纓. 吁嗟乎! 待月月不
來, 待學學不精. 學須勤乃得, 月當有時晶.

– 권득기(權得己, 1570~1622),「待月牖銘」

배움이야말로 사람을 사람답게 만들어주는 방책이
다. 설렁설렁 배우려 한다면 아무런 성취도 없게 된다.
그렇다면 어떻게 해야 할까. 하루도 쉬지 않는 부지런
함 속에 배움은 면밀해진다. 최선은 근사치만 존재하고
절대치는 존재하지 않는다. 어제보다 더 열심히 살고,
작년보다 더 열심히 살다 보면 환한 달빛처럼 일정한
성취가 언제인가 찾아오는 법이다.

* 눈을 감고 어두운 곳을 가는 것 같고[擿埴冥行]: 양웅(揚
雄), 『법언(法言)』에 "擿埴索涂, 冥行而已矣"라고 했다.

촛불로 어둠을 밝히리라

내가 경인(庚寅)년에 밝은 시대에 죄를 입어서 멀리 유배 가게 되었다. 문을 닫고서 허물을 반성하는 여가에 옛 학업을 찾아 다스렸다. 일과로 주자(朱子)의 글을 읽으며 때때로 마음과 맞아떨어지는 것이 있었으니, 갇혀 있는 고통을 잊기에 충분하였다. 또 함께 책을 읽는 두세 사람과 군신(君臣)과 부자(父子)의 도리와 고금(古今)에 거친 현명함과 사악함의 자취를 강구(講究)하여 밝히니 대개 서로 돕는 이익이 없지 않아서 더욱 의리가 무궁하여 하루해가 질 때까지 하여도 부족함을 느끼게 되었다. 드디어 노학잠이라는 한 편의 글을 지어서 배우는 사람에게 보여주고, 인하여 또 스스로 일깨우노라.

사광이 말하였다.

"어려서 배우는 것은 해가 막 떠오르는 것 같고, 장성해서 배우는 것은 해가 중천에 떠 있는 것과 같으며, 늙어서 배우는 것은 밤에 촛불을 켜는 것과 같다."

어려서나 장성해서 배운다면 더할 나위 없이 좋겠지만, 이미 늙어서 배운다고 너무 늦었다 말하지 말라. 촛불로 밤을 비추더라도 어둠이 밝아지지 않음이 없고, 촛불이 그대로 있다면 낮까지 이어질 수 있도다. 햇빛과 촛불이 비록 다르다지만 그 밝은 것은 똑같도다. 그 밝음은 똑같지만, 그 맛은 나이 들수록 참되도다. 그래서 위(衛)나라 무공은 90세에 시를 지어 늙을수록 더욱 독실해졌으니 그가 오직 나의 스승이라네.

余以庚寅之歲, 得罪明時, 禦魅窮荒. 閉戶省愆之暇, 尋理舊業. 課讀朱書, 時有會心處, 足忘羈囚之苦. 且與二三伴讀之人, 講明君臣父子之倫, 古今賢邪之迹, 縶不無相長之益, 愈覺義理之無窮, 日力之不足. 遂作老學箴一篇, 以示學者, 仍又自警云.

師曠有言, "幼而學之, 如日初昇, 壯而學之, 如日中天, 老而學之, 如夜秉燭." 幼壯之學, 無以尚已, 旣老且學,毋曰晚矣. 以燭照夜, 無暗不明, 燭之不已, 可以繼暘.
暘燭雖殊, 其明則均. 其明則均, 其味愈眞. 所以衛武,
九十作詩, 老而采篤, 其惟我師.

– 정호(鄭澔, 1648~1736),「老學箴 并序」

평설

　이 글은 1710년 조선 후기 문신 정호가 그의 나이 63
세 때 지은 것이다. 그는 이때 당론(黨論)을 일삼는다는
죄목으로 갑산(甲山)에 유배되었다. 유배지에 있으면 답
답하고 절망스럽기도 하겠지만, 반대급부로 자신을 바
라볼 시간은 더 많아진다. 보통 유배지에서 쓴 글을 보
면 자탄(自歎)과 반성(反省)이 주를 이루지만 이 글은 작가
의 굳은 결의 같은 것이 느껴진다.

　나이가 들면 "그것을 어디에 쓰려고 배우느냐"라는
소리를 자주 듣고 자주 한다. 죽을 날이 얼마 남지 않았
으니 그럭저럭 살라는 뜻이다. 모든 것에는 다 때가 있
는데, 특히 공부에는 더더욱 그때가 중요하다. 그래서
사광(師曠)은 늙어서 배우는 것을 촛불을 켜는 것에 비
유했으니 공부하더라도 성과가 미미하다는 뜻에서 쓴

말이다. 그러나 저자는 촛불이 햇빛보다 밝지는 않지만 밝은 것은 똑같고 그 맛은 나이가 들수록 더욱 참되다 했다. 인생을 오래 살아서 쌓인 경험은 무엇을 주고도 바꿀 수 없다. 어디 공부가 꼭 젊은 사람의 전유물이겠는가. 심리학자인 위너 세케이 박사는 사람은 중년에 접어들면서 지능이 10단위 이상 높아진다는 연구 결과를 발표했으니, 이 글의 주장이 과학적으로도 근거가 없지 않은 셈이다.

어석

* 사광(師曠): 춘추시대 진(晉)나라의 음악가로서 소리를 들으면 잘 분별하여 길흉(吉凶)을 점쳤다.
* 위무공(衛武公): 춘추시대의 제후. 90세에 더욱 덕을 닦아서 「억(抑)」이라는 시를 지어 경계하였는데, 『시경』에 들어 있다.

형제는 본래 하나이다

영해(寧海)에서 어떤 형제가 쟁송으로 크게 다툼이 있었다. 병 중에 이 글을 써서 보여 주었더니 그 사람들이 슬퍼하며 감동되어 돌아가 서로 자책하고 드디어 그 쟁송을 그만두었다. 비로소 떳떳한 천성은 속이기 어려움이 있음을 알았다.

형이 되고 아우가 되었지만 한 몸에서 나누어져서, 모습은 서로 비슷하고 말씨도 서로 같도다. 아우가 어린아이였을 때 형이 그 아우를 업어주었고, 아우가 숟가락을 잡지 못했을 때 형이 그 아우 밥을 먹여주었도다. 집 밖을 나서서는 함께 길을 다녔고, 집 안에 들어와서는 함께 지냈도다. 먹을 적에는 밥상을 함께하였고, 잠잘 적에는 서로 안고 잤도다. 슬플 때는 함께 곡을 하였고, 즐거울 때는 함께 웃었도다. 어른이 되어서는 형은 사랑하였고 아우는 공경했으니 대저 어찌 억지로 했겠는가. (우애란 것은) 본디 타고난 것이네.

처자식이 있고 부터는 생활을 꾸려야 해서 많고 적은 것을 따져보니 사사로운 맘 드디어 싹이 텄다네. 종들은 질투하여 참소하였고, 동서 간에 서로 반목하였네. 원망하고 욕하여 서로 원수가 되어 길가는 남만도 못하게 됐네. 재산을 다투느라 관청에 고소해서 속속들이 다 까발려지네. 동기간에 사이가 소원해지고 천륜이 짐승처럼 되었네. 세도(世道)가 이 지경되었으니 통곡할 만하구나.

이 아름다운 형제는 그 마음 넉넉하게 하여서, 의로움 높이고 재물을 멀리해서 원망을 마음속에 품거나 머물러 두지도 않았네. 형은 우애가 있고 아우는 순종하여 늙을수록 더욱 독실하였네. 참소로 말들을 만들어내도 들어올 틈이 없었네. 그다음으로 노함을 참아서 싸움과 따짐을 눌렀네. 상대가 비록 작은 과실이 있어도 내쪽에서 마땅히 스스로 자책하였네. 해치지 않고 탐내지 않는다면 어찌 화목하지 않으리오. 아홉 대가 한 집안에 살 수 있었던 비결은 참을 인 자를 백 번 쓴 것에 있었네.
고향에서 효자라 일컬어져서 천자께서 절의를 포상하
였네. 귀신들이 남몰래 도와서 자손의 복이 많았네.

　아! 형의 뼈는 아버지의 뼈이고, 아우의 살점은 어머
니의 살점일세. 하나의 기운이 두루 흘러 가까웠으니
몸은 비록 둘이라도 본래는 하나였네. 형제가 화순하면
곧 부모가 기쁠 것이고, 형제가 순종하지 아니하면 곧
조상들 슬플 것이네. 온 천하도 오히려 한 집처럼 될 수
있는데 하물며 지친(至親)으로 천속(天屬)임에랴. 옛사람이
말하기를 "부부는 의복과 같고, 형제는 손발과 같도다"
라고 했으니 의복이 쓸모없을 때는 바꿀 수 있다지만,
손과 발이 끊어지면 어찌 이으랴. 저 상체(常棣)와 각궁(角
弓)의 시가 나의 마음을 서글프게 하누나. 옛사람의 격
언을 이어 짧은 글 써서 스스로 책망하노라.

寧海, 有人兄弟爭訟大閱. 病中, 書此以示之, 其人
感然心動, 歸而相責, 遂止其訟. 始知秉彛之天, 有
難誣也.

爲兄爲弟, 分自一體. 容貌相類, 言語相似. 弟在孩提,

兄負其弟. 弟未執匙, 兄哺其弟. 出則同行, 入則同處.
食則同案, 寢則同抱. 哀則同哭, 樂則同笑. 及其成人,
兄愛弟敬, 夫豈強爲, 良知素性. 有妻有子, 各自治生,
較短量長, 私心遂萌. 臧獲讒妬, 婦娣反目. 怨詈相讐,
路人不若. 訴官爭財, 發奸摘伏. 同氣楚越, 天倫禽犢.
世道至此, 可堪痛哭. 此令兄弟, 其心綽綽. 尚義疏財,
不藏不宿. 兄友弟順, 老而益篤. 讒搆行言, 無間可入
其次忍怒, 禁抑鬪詰. 彼雖小過, 我當自責. 不忮不求,
何用不睦. 同居世九, 忍字書百. 鄕里稱孝, 天子褒節.
鬼神陰騭, 子孫多福. 嗚呼. 兄之骨, 是父之骨, 弟之肉,
是母之肉. 一氣周流而無間, 身雖二而本則一. 兄弟和
順, 則父母悅, 兄弟違拂, 則先靈慽. 四海尚可爲一家,
況至親之天屬. 古人有言曰, "夫婦衣裳也, 兄弟手足也"
衣裳破時尚可換, 手足斷時安可續, 彼常棣角弓之詩,
使我心兮戚戚. 續古人之格言, 書短篇而自責.

– 최현(崔晛, 1563~1640), 「友愛箴」

최현이 형제간에 붙은 쟁송을 중재하려고 쓴 글이다.

097

세상에서 부모 다음으로 유전형질이 비슷한 것이 형제다. 어렸을 때는 같이 밥을 먹고 나란히 잠을 잔다. 슬픔이나 기쁨도 함께 나누며 서로를 위로해준다. 그러나 제 살림을 꾸리면서 상황은 완전히 달라진다. 종놈들은 되도 않은 험담을 전하고, 아내는 동서 간에 반목을 한다. 그러다 서서히 형제 간은 멀어지고 끝내 등을 돌리게 된다. 게다가 재산 문제라도 걸려서 법정에 서기라도 하면 형제는 끝내 되돌릴 수 없는 사이가 되기도 한다.

최현은 형제가 좋은 관계를 유지할 몇 가지 방법을 제시한다. 첫째로는 둘 사이의 돈독한 정이다. 서로 관계가 원체 좋았다면 참소가 들어올 틈이 없다. 섭섭한 감정이 조금씩 균열을 드러내다가 주변의 말들이 기름을 붓는 법이다. 둘째로는 분노를 참아서 싸움과 따지는 것을 누르는 것이다. 조금 섭섭한 일이 있더라도 자신 쪽에도 너그럽게 대처한다면 사이가 나빠질 턱이 없다.

효도가 거창한 데 있는 것이 아니다. 형제간에 사이 좋은 모습을 보여주는 것이다. 형제간에 반목하고 다툰다면 그것만큼 부모의 마음을 아프게 하는 일도 없다.

대기업 총수들도 재산 때문에 원수만도 못 한 사이가 되기도 한다. 남보다 풍족하고 여유 있게 살라고 남긴 재산이 결국은 형제를 남보다 멀게 만든다. 차라리 부모가 재산이 없었더라면 벌어지지 않았을 일이다.

어석

* 장획(臧獲): 종을 가리킨다.(장(臧)은 사내종, 획(獲)은 계집종)
* 초월(楚越): 초(楚)나라와 월(越)나라라는 뜻으로, 서로 멀리 떨어져 있어 아무 상관이 없음을 이르는 말이다.
* 금독(禽犢): 금독지행(禽犢之行)을 말한다. 짐승과 같은 짓이라는 뜻으로, 친족 사이에서 일어난 음행(淫行)을 이르는 말이다.
* 해치지 않고 탐내지 않으면[不忮不求]: 『시경(詩經)』 「패풍(邶風)」, '웅치(雄雉)'에 "一不忮不求, 何用不臧"라고 했다.
* 아홉 대가~있었네[同居世九, 忍字書百.]: 당나라 때 사람인 장공예(張公藝)의 집안은 9대(代)가 한집에서 살았다. 당 고종(唐高宗)이 그 까닭을 물으니, 장공예는 인(忍) 자를 100번 써 올렸다. 『자치통감(資治通鑑)』 「당기(唐紀)」 참조.
* 상체(常棣): 『시경(詩經)』 「소아(小雅)」의 편명(篇名). 상체(아가

위 나무)의 꽃을 형제의 우애에 비유한 노래다. 전(轉)하

여 형제 간의 우애(友愛)를 비유하는 말이다.

* 각궁(角弓): 『시경(詩經)』「소아(小雅)」의 편명(篇名). 역시 형

제간의 우애를 읊었다.

손해되는 벗, 도움되는 벗

손해되는 벗은 공경하되 멀리하고 도움 되는 벗은 마땅히 친해야 하리. 사귀는 데 어진 덕행 있다면 어찌 빈부를 따질 것이 있나. 군자는 맑기가 물과 같아서 세월이 오래될수록 정은 더욱 진실해지고, 소인은 입이 꿀과 같아서 잠깐 사이에 원수로 바뀐다네.

損友敬而遠, 益友宜相親. 所交在賢德, 豈論富與貧.
君子淡如水, 歲久情愈眞, 小人口如蜜, 轉眼如讎人

– 윤휴(尹鑴, 1617~1680), 「方氏四箴」 중 '朋友'

평설

손해가 되는 벗은 경이원지(敬而遠之)해야 하고, 도움이 되는 벗은 친함을 유지해야 한다. 덕행을 갖춘 인성이 좋은 친구는 빈부(貧富)를 따질 필요가 없다. 어디 빈부뿐이랴. 사람만 괜찮다면 지위(地位)도 문제 될 것이 없다. 군자의 사귐은 물과 같아서 입에 달콤하지는 않지만 오래되어도 물리지 않고, 소인의 사귐은 꿀과 같아서 입에 딱 달라붙지만, 순식간에 물려서 입에도 대지 않게 된다. 조지 워싱턴은 "우정이란 느리게 자라는 나무와 같다"라고 했고, 인디언 속담에는 "친구란 내 슬픔을 등에 지고 가는 자"라고 했다. 순간의 잇속으로 뭉치는 것이야 쉬운 일지만, 세월의 풍파에도 변치 않는 것은 어려운 일이다.

사랑하는 법, 미워하는 법

아! 너는 그 사랑할 만한 것을 사랑하고 사랑해서는 안 될 것을 사랑하지 않는가. 너는 미워할 만한 것을 미워하고 미워해서는 안 될 것을 미워하지 않는가. 너는 그 미워할 만할 것을 미워하고 미워해서는 안 될 것을 미워하지 않으며, 그 사랑할 만할 것을 사랑하고 사랑해서는 안 될 것을 사랑하지 않는다면, 너는 사랑하고 미워함을 잘하는 것이다.

너는 사랑할 만한 것을 사랑하지 않고 사랑해서는 안 될 것을 사랑하며, 미워해야 할 것을 미워하지 않고 미워해서는 안 될 것을 미워한다면, 너는 사랑하고 미워함을 잘못하는 것이다. 아! 남들이 너를 사랑하고 미워하는 것이 네가 남을 사랑하고 미워하는 것과 같다면 너는 사랑하고 미워하는 것에 네 마음을 잘 둔 것이다.

於戲! 汝愛其可愛, 而不愛其不可愛者耶. 汝惡其可惡, 而不惡其不可惡者耶. 汝惡其可惡, 而不惡其不可惡, 愛其可愛, 而不愛其不可愛, 汝其能愛惡矣. 汝不愛其可愛, 而愛其不可愛, 不惡其可惡, 而惡其不可惡, 汝不能愛惡矣. 於戲! 人之愛惡於汝, 如汝之愛惡於人, 汝其能有汝心於愛惡者哉.

- 강재항(姜再恒, 1689~1756), 「愛惡箴」

평설

우리는 흔히 사랑할 만하니 사랑하고 미워할 만하니 미워한다고 생각한다. 정말로 나의 판단은 합리적인가? 그러나 찬찬히 생각해보면 내가 사랑하고 미워하는 대상에 대한 나의 판단은 온당하지 않을 수도 있다. 혹시 사랑하고 미워하는 대상에 대해서 오독(誤讀)과 착시(錯視)를 하는 것은 아닌가? 사랑할 만한 대상을 사랑하고 미워할 만한 대상을 미워하는 것이야 아무런 문제가 없다. 그런데 사랑할 만한 대상이 아닌데 사랑하고 미워할 만한 대상이 아닌데도 미워하는 경우가 문제가 된다. 이런데도 본인은 대상에 대한 애증(愛憎)이 정당하다고 확신하기 마련이다. 사랑하지 않을 대상을 사랑하게 되면 맹종이 되고 미워하지 않을 대상을 미워하게 되면 증오가 된다. 우리는 지금 잘 사랑하고 잘 미워하고 있는가?

깨닫고 자득하리라

널리 보고 곰곰이 생각하면 온갖 의심이 차츰 사라져 환하게 깨달음이 있고 초연히 자득하리라.

博觀精思, 羣疑漸釋, 豁然有覺, 超然自得

– 유희춘(柳希春, 1513~1577), 「讀書銘」

평설

책을 읽을 때는 너비와 깊이를 갖추어야 한다. 또 주야장천 읽는다고 능사가 아니니 깊은 생각이 동반되어야 하는 법이다. 그러다 보면 어느 순간 평소 의심스러웠던 부분들이 다 해결되어 깨달음과 자득함을 얻게 된다.

얼굴에 다 드러난다

마음에 부끄러움이 있으면 얼굴 먼저 부끄럽네. 낯빛은 벌게지고 땀방울은 물처럼 흐른다네. 사람과 마주하면 고개도 못 들고, 살며시 숙여서 피하게 되네. 마음이 하는 짓이 네게로 옮겨간다. 여러 군자여! 의로움 행하고 위의를 갖춰서 마음속에 능히 거리낌이 없게 해서 너로 하여금 부끄럼이 없게 하라.

有愧于心, 汝必先恥, 色顙若朱, 沘滴如水. 對人莫擡, 斜回低避, 以心之爲. 迺移於爾, 凡百君子, 行義且儀, 能肆于中, 毋使汝愧

– 이규보(李奎報, 1168~1241), 「面箴」

여태 살았던 세월과 행했던 일들은 얼굴에서 다 읽을 수 있다. 사람을 알아보기에는 얼굴만큼 정확한 잣대도 없다. 부끄러운 짓을 하게 되면 얼굴에 다 드러난다. 그래서 사람들을 만나면 저도 모르게 낯빛에 드러날까 봐 피하게 된다. 마음속에 부끄러울 짓이 없으면 얼굴에 떳떳한 낯빛을 보일 수 있다. 짧은 인생에 부끄러운 낯빛으로 남들을 대할 것인가? 떳떳한 낯빛으로 남들을 대할 것인가?

2부

세
상
을 사
는 법

처세

만족함을 알았다면 그쳐라

옛날 은(殷)나라 때에 이윤(伊尹)이란 사람이 있었는데, 탕(湯) 임금과 태갑(太甲)이 대우해주었어도 오히려 사양하고 물러남을 생각했네. 한(漢)나라가 일어날 때는 유후(留侯) 장량(張良)이란 사람이 있었는데 천자와 마음이 통하였어도 또한 신선 적송자를 좇아 노닐었네. 성현(聖賢)도 오히려 이와 같았는데 하물며 그보다 못한 다른 사람들은 어떠하겠는가!

공명(功名)이란 예로부터 지키기 어려웠네. 세력은 항상 누릴 수 있는 것이 아니고, 권세는 오래 가질 수 있는 것은 아니네. 화와 복은 서로 이어지고, 성공과 실패는 운수가 있네. 군자가 귀하게 여기는 것은 만족을 아는 것뿐이네. 그러니 이미 만족을 알았다면 여기에서 그쳐야 하리니 그침과 그치지 않음에서 편안함과 위태로움으로 나뉘네. 그 기미가 나에게 달려 있으니 어찌 선현(先賢)을 스승으로 삼지 않겠는가.

昔殷之時, 有若伊尹, 遇湯與甲, 猶思退遜. 逮漢之興,
有若留侯, 天授相知, 亦從仙遊. 聖賢尙爾, 何況其餘!
功名之際, 自古難居. 勢不可常, 權不可久. 倚伏相乘,
成虧有數. 君子所貴, 知足而已. 旣知其足, 斯可以止,
止與不止, 安危所別. 其機在我, 盍師先哲.

– 민제인(閔齊仁, 1493~1549),「止足箴」

평설

　권세나 부귀는 모두 다 잠시 누릴 수 있을 뿐이다. 원래부터 내 것이 아니었으니, 연연하거나 집착할 필요가 없다. 일정한 때가 되면 남들에게 그 자리를 주저 없이 양보해야 한다. 하지만 이처럼 단순하고 명료한 해답에도 불구하고 실제로 이것을 실천하기란 여간 힘들지 않다. 자동차를 몰 때 자신도 감당하기 어려운 속도를 내면 차체가 좌우로 심하게 흔들려서 제동하기 어렵게 되는데, 이것을 피시테일(fish tail)이라 한다.

이처럼 욕망도 제동장치 없이 폭주하기 마련이다. 지금 가지고 있는 것보다 더 높은 지위와 많은 재산을 끝없이 욕망하게 된다. 다른 사람의 제지 없이 스스로 만족함을 알아 적절한 정도에서 자신의 욕망을 멈추는 일은 쉽지 않다. 스스로 그 임계점을 넘어갈 때 타의에 의해서 그동안 누리던 권세나 부귀마저 다 잃게 된다.

이윤이나 장량과 같은 킹메이커[king maker]도 스스로 사양하고 물러났다. 이제 고생이 끝나고 권력의 단맛을 누릴 수 있는 그때 주저 없이 그들은 떠났다. 이와는 달리 물러날 때를 실기(失期)한 한신(韓信)은 토끼 사냥이 끝나자 버려진 사냥개 신세가 되고 말았다. 무엇이든 다 한순간이고 영원한 것은 없다. "자, 그쯤 하면 되었다. 이제 그만하자."

어석

* 제목인 '지족(止足)'은 『노자』의 "知足不辱, 知止不殆, 可以長久"에서 나온 말이다.
* 은(殷)나라~생각했네: 이윤(伊尹)은 탕(湯) 임금을 도와 천

하에 왕 노릇 하게 하였다. 처음 탕왕(湯王)이 이윤을 초 빙할 때 폐백을 가지고 세 번이나 사람을 보냈다.『맹 자(孟子)』「만장상(萬章上)」에 이때 마음을 고쳐 초빙에 응 하면서 그가 한 말이 실려 있다. 또 탕왕이 세상을 뜬 후 태갑(太甲)이 탕왕의 법도를 전복시키므로 이윤이 그를 동(桐) 땅에 3년간 유폐시켜 과오를 뉘우치게 하 였다. 이후 태갑이 과거를 뉘우치자 그를 다시 왕위에 올렸다.『서경(書經)』「이훈(伊訓)」은 이윤이 태갑을 훈도 코자 지은 글이고, 또 「태갑(太甲)」에는 이윤이 태갑을 뉘우치게 하려고 두 번 세 번 간곡한 말로 올린 글이 실려 있다. 이윤은 마음만 먹었으면 자신이 왕 노릇 할 수도 있었으나 그렇게 하지 않았다.

* 한(漢)나라가~노닐었네: 한나라를 통일하는 데 일등공 신인 장량(張良)은 천하통일 후 몸을 보전하려고 세상 사를 버리고 적송자(赤松子)를 따라 선인이 되어 놀았다 고 전해진다.

흰 달과 맑은 바람

귀하게 되면 화가 가까워지고, 부유하게 되면 모질어
진다. 어찌하면 구름 낀 골짜기에서 기쁘게 정신을 수
양할 수 있겠나. 안연의 좁은 거처에는 즐거움이 그 안
에 있었고, 도연명의 세 길 난 정원에는 흰 달과 맑은
바람 있었다. 성현도 오히려 그러하였는데, 하물며 변
변찮은 선비들임에랴. 집이 열아홉 칸이니 늙은 몸을
둘 수 있고 밭이 몇십 이랑이니 배고픔과 목마름 달래
기에 충분하다. 나는 내 분수에 편안하여서 이익과 욕
심을 좇지는 않으리라.

貴則近禍, 富則不仁. 何如雲壑, 怡養精神. 一片顔巷,
樂在其中, 三逕陶園, 皓月淸風. 聖賢尚然, 況乎小儒.

屋八九間, 可容殘軀. 田數十畝, 足慰飢渴. 我安我分,

不趨利慾.

‒ 하연(河演, 1376~1453),「自警箴, 景泰二年辛未二月日作」

평설

부귀함이야 누구인들 마다할 사람이 있겠나. 하지만 귀하게 되어 지위가 높아지면 사람들의 표적이 되어 뜻하지 않았던 재앙이 이를 수 있고, 부유하게 되어 돈이 많아지면 또 다른 돈벌이를 위해 온갖 나쁜 짓을 하게 된다. 고대광실 좋은 집과 우러러보는 높은 지위에 있더라도 불행하다면 그것이 무슨 소용이 있겠나. 분수에 편안해서 이익과 욕심을 좇지 않으면, 좁은 거처에 흰 달과 맑은 바람만 있더라도 행복함을 느낄 수 있다. 이 글은 하연이 76세 때 지은 작품이다. 75세 때 노병(老病)으로 재차 물러가기를 청하였으나 받아들여지지 못했다. 그는 은퇴하여 모든 영욕의 삶에서 한 발짝쯤 떨어져 살고 싶었는지도 모르겠다. 그는 78세에 세상을 떠다.

도연명의 세 길 난 정원[三逕陶園]: 진(晋)나라 도연명(陶淵明)의 「귀거래사(歸去來辭)」에 "三逕就荒松菊猶存"이라 했다. 삼경(三逕)은 삼경(三徑)이라 쓰기도 한다. 한(漢)나라 때 장후(蔣詡)가 정원에 세 갈래의 길을 내고 오직 양중(羊仲)·구중(求仲)과만 사귀었다는 고사(故事)에 의하여 친구 간에 왕래하는 길을 가리킨다.

내 몸을 지켜라

옛날 현명한 사람에게 들으니 몸 지키기를 나라 지키는 것같이 하라 했다. 의지를 장수로 삼고 기를 병사로 삼으며, 주경(主敬)을 성곽으로 삼으면 이욕(利欲)의 적들이 능히 쳐들어올 수 없고, 방자함과 위선이라는 도적이 충격을 줄 수가 없다. 마음이 태연해져 곧고 바른길을 세운다면 온갖 복이 절로 오고 요망한 것들 다 사라질 것이다. 어리석은 자는 도리에서 벗어나서 외물에 부림을 달게 여기고, 조그마한 몸도 스스로 통제하지 못해서 고의로 만들어 놓은 함정을 밟아서 빠지거나 엎어진다. 옛날의 통달한 사람들은 소리를 듣자마자 마음에서 깨달았으니 이미 자기 몸을 지켰으면 나머지는 그 안에 들어있다. 아! 지금 사람들은 혼미하고 깨우침이 없으니 자기 몸을 어째서 지키지 않고, 오로지 다른 것만을 지키기에 힘을 쓰는가. 천하의 사물 중에서 어느 것이 내 몸보다 절실하던가. 내 몸 버려두고 다른 것을 지킨다면 제 몸마저 잃을 것이다. 내가 내 몸을 지키느라 날마다 공경함을 생각한다. 지금 사람들이 하는 것을 따르지 않고, 옛사람을 스승으로 삼을 것이다.

聞諸先喆, 守身若守國. 志帥氣卒, 主敬以爲郭, 利欲之賊. 不能以侵掠, 肆僑之寇, 不能以衝擊. 天君泰然, 建我皇極, 百福駢臻, 禎妖屛息. 愚者悖之, 甘爲物役, 尺寸之軀, 不能以自克, 蹈彼機穽, 不陷則覆. 古之達人, 聲入心通, 旣守其身, 餘在其中. 嗟今之人, 迷昏罔悟, 身焉不守, 惟他守是務. 天下之物, 孰切吾身. 棄身守物, 身且喪淪. 我守我身, 思日敬之. 今人之棄, 古人之師.

– 김안국(金安國, 1478~1543), 「守身箴」

수신(守身)이란 불의(不義)에 빠지지 않도록 제 몸을 지키는 것이다. 뜻과 기백[志氣], 주경(主敬)을 갖추면 자연스레 이욕(利欲)과 방자함, 위선을 막아낼 수 있다. 그렇지만 어리석은 사람은 외물에 휘둘리고 자기 몸도 통제하지 못하는 우를 범한다. 사람들은 수신이란 본질적인 문제를 버려두고, 다른 문제에 매달리고 있다. 그렇다면 그런 잡스러운 다른 문제들이 나를 해방시키고 자유롭게 해줄 수 있는가. 끝내는 이런 문제에 휘둘리면 나 자신도 잃게 된다. 나를 잃고서 사는 나는 정녕 나란 말인가.

작은 일에 최선을 다하라

두려워할 것은 조짐이고 막아야 할 것은 미미한 일들이다. 조짐을 밝게 하지 못하면 어두컴컴함에 돌아갈 것이고, 미미한 것을 막지 못하면 위태로움을 밟을 것이니 그 조짐이 일찍 이르렀을 때 어찌 먼저 그 조짐을 분별하지 않는가. 분별이 만일 재빨리 이루어지지 않는다면 후회해도 소용이 없을 것이다. 『주역』에 교훈이 있으니 서리를 밟는 것에 비유하였다. 서리를 힘껏 밟으면 처음에는 또한 무슨 근심이 있으랴마는, 밟기를 계속하면 단단한 얼음이 이르게 된다. 조짐을 차츰 자라게 할 수는 없으니 자라면 고치기 어려워서다. 털끝만큼 벌어졌을 때 삼가지 않으면 간혹 천 리나 어긋나게 될 것이다. 그러므로 말하기를 "작은 일에서 큰 의미

를 찾는 자는 흥하고, 쉬운 일에서 어려움을 생각하지
않는 자는 망한다"라고 했다. 경계하고 경계할지니 잠
언으로 이 장을 쓰노라.

可畏者幾, 可防者微. 幾之不炳, 昧其歸, 微之不杜,
蹈其危. 迫其早也, 盍先辨之. 辨苟不早, 悔不可追.
大易有訓, 譬如履霜, 履霜凜然, 始亦何傷, 履之不已,
堅氷乃至. 漸不可長, 長則難治. 不謹毫釐, 謬或千里.
故曰,"圖大於細者興, 忘難於易者亡." 戒之戒之, 箴用此章.

- 주세붕(周世鵬, 1495~1554),「履霜箴」

이 글은 주세붕이 34세(1528년) 때 쓴 것이다. 하인리히
(Heinrich's Law) 법칙에서는 1번의 대형 사고가 발생하기
전에 29번의 작은 사고와 300번의 경미한 징후가 존재
한다고 말한다. 무슨 일이든 단박에 벌어지는 일은 없
으니 미리 조짐을 다 보이게 마련이다. 커다란 다리나
건물도 다 붕괴의 조짐을 보인다. 그러니 작은 조짐을
무시하다가 도리어 큰일이 벌어지게 된다. 작은 볼트

하나 때문에 원전이 폭발하기도 하고, 비행기가 떨어지기도 한다.

사람의 일도 이와 다를 것이 없다. 하찮아 보이는 작은 일들에서 큰일이 생겨나고, 어떤 일의 조짐에서 큰 재앙과 환란이 발생한다. 그러므로 작은 일과 쉬운 일은 결코 작고 쉬운 일이 아니다. 작은 일과 쉬운 일을 잘 처리하는 사람은 큰일과 어려운 일을 겪지 않게 된다. 그러니 미리미리 작은 일과 쉬운 일에 공을 들여야 한다. 일단 일이 벌어졌다면 이미 늦은 것이나 다름없다. 조그마한 균열이 발생할 때 무시하지 말고 잘 처리해야 한다. 인간관계도 이와 마찬가지다. 두 사람의 관계가 커다란 사건 때문이 아니라, 작은 불만과 오해 때문에 그르치기 때문이다.

단단한 소나무처럼 찬란한 해처럼

　사람들이 알고 있기로는 금속은 단단하고 나무는 부드럽다. 나무 중에서도 유달리 단단하거나 부드러운 것이 있으니 소나무는 우뚝해서 우러러볼 수 있고, 버드나무는 부드러워 꺾을 수 있다. 원유(元猷)야! 원유(元猷)야! 소나무가 되려 하는가? 버드나무가 되려 하는가?

　사람이 쉽게 보는 것으로 불만큼 뚜렷한 것도 없다. 크게 밝은 것으로는 해이고, 작게 밝은 것으로는 촛불이다. 또한 축축하게 젖은 섶도 있으니 불어도 불꽃이 오르지 않는다. 원유야! 원유야! 연기가 일어나게 하지 말라.[이고가 왕복한 서신에 불에서 연기가 나니, 연기로 답답하다는 말이 있었다.] 정유년 중추에 삼연 늙은이가 보개산에서 쓰다.

凡人所知, 金剛木柔. 於木之中, 別爲剛柔, 松竦可仰, 柳弱可折. 元猷元猷, 松耶柳耶. 人之易觀, 顯莫如火 大明則日, 小明則燭. 亦有濕薪, 嘘不上炎. 元猷元猷, 毋使烟爵.[李翺往復書, 有烟生於火, 烟爵之語.] 丁酉仲 春日, 三淵朽人書于寶盖山中.

– 김창흡(金昌翕, 1653~1722), 「木火箴贈鄭元猷」

평설

김창흡이 자신의 문인인 정언환(鄭彦煥)에게 준 글이다. 당시 그의 나이 65세였다. 우뚝하게 잘 자라서 낙락장 송(落落長松)이 되는 단단한 소나무도 있고, 이리저리 휘 어지며 강가에 흔히 있는 부드러운 버드나무도 있다. 사람들이 모두 다 지나다 우러러보며 쉽게 범접할 수 없는 소나무 같은 인물이 있고, 누구나 쉽게 여기는 줏 대 없는 버드나무 같은 인물도 있다. "그대는 어떤 인물 이 되려 하는가."

또, 쨍쨍한 빛을 뿜내는 해와 같은 인물이 있고, 그나 마 자기 몫은 하는 촛불과 같은 인물도 있으며, 불도 일 지 않는데 연기만 피워대는 젖은 섶과 같은 하찮은 인물이 있다. "그대는 대단한 인물이 되지는 않아도 남의 발목이나 잡는 그런 인간이 되지는 말아라." 스승만큼 제자를 가장 잘 아는 이가 어디 있으랴. 정언환의 행적은 상세히 남아 있지 않다. 스승의 바람처럼 훌륭한 사람이 되었을까. 그의 삶이 문득 궁금해진다.

치욕을 멀리하는 법

선비가 멀리하고자 하는 것이 치욕이기는 하나, 치욕을 참으로 아는 이는 드물다. 하류에 처하는 것이 큰 욕됨이고, 다른 사람만 같지 못한 것은 깊은 수치가 되니, 몸을 고원한 곳에 둔다면 치욕이 저절로 이르지 못할 것이다. 먼 데를 가고 높은 곳에 오르려면 반드시 낮고 가까운 곳부터 시작해야 할 것이니, 어찌 먼저 홀로 있을 때 독실하지 않으랴. 편안함만 생각하면 타락하기가 쉽고, 풍속만 좇다보면 비루한 데 빠진다. 마음을 보존하여 성품을 기르면 덕이 날로 높아지고 남보다 열 배 노력하면 학문은 날로 진척이 있을 것이다. 오직 노력해서 알고 힘써 행해야만 혹 이 교훈에 가까워질 것이다.

士之所欲遠者恥辱, 眞知恥辱者鮮矣. 居下流爲大辱,
不若人爲深恥; 置身高遠者, 恥辱無自以至. 行遠升高,
必自卑近, 則盍先惺惺於幽隱. 懷安則易以頹墮, 同
俗則流於鄙吝. 存心養性則德日尊, 人十己百則學日進
惟困知而勉行, 或庶幾於斯訓.

– 이항복(李恒福, 1556~1618),「恥辱箴」

평설

　선비가 치욕을 가장 피해야 한다는 사실은 누구나 잘
알고 있다. 하지만 치욕이 무엇인지 아는 사람은 드물
다. 저자는 치욕을 부끄러움[恥]과 욕됨[辱] 둘로 나누어
설명한다. 먼저 부끄러움이란 하류에 있는 것이라고 했
다.『논어』「자장(子張)」에 나오는 이야기다. 다음으로는
욕됨에 관해서 손가락이 남만 같지 못한 것이라고 했
다.『맹자』「고자 상(告子上)」에 나오는 이야기다.

　그렇다면 치욕을 멀리하려면 어떻게 해야 하는가? 자
신을 고원(高遠)한 곳에 놓거나 지향하게 하면 저절로 치
욕은 멀어질 수 있다. 하찮은 것을 목표로 하는 사람은
하찮은 삶을 살 수밖에 없지만 고원한 것을 목표로 하

는 사람은 그와는 다른 삶을 살 수 있다. 고원한 데에 뜻을 두었다면 혼자 있을 때 독실한 데에서부터 시작해야 한다. 편안함만 생각하면 타락하기 십상이고, 세상의 유행만 따르다 보면 비루한 데 빠지게 마련이다. 그런 뒤에 인격도야와 노력을 통하면 학문에 진척이 없을 리 없다.

요즘은 너무 성공과 성취만을 강조한다. 그러나 치욕과 같은 망신을 당하지 않는 삶도 훌륭한 삶이라 할 수 있다. 자신을 조금은 도달하기 힘든 높은 경지에 위치해 놓고 그것을 목적으로 살다 보면 세상에 이름을 남기지는 못해도 적어도 망신은 당하지 않을 수 있다.

어석

* 하류에 처하는 것 : 『논어』 「자장(子張)」에 "주왕의 악행이 그 정도로 심하지는 않았을 터인데, 모든 오명(汚名)이 그에게 모여들고 말았다. 그래서 군자는 하류에 처하는 것을 싫어하나니, 천하의 악이 모두 그곳으로 모여들기 때문이다[紂之不善, 不如是之甚也, 是以君子惡居下流, 天下之惡皆歸焉]"라는 말이 나온다.

* 다른 사람만 같지 못한 것:『맹자』「고자 상(告子上)」에 "지금 어떤 사람의 무명지가 굽어 펴지지 않는다고 할 때, 그것이 아프거나 일에 방해가 되는 것이 아닌데도, 만약 그 무명지를 펼 수 있는 사람이 있다고 하면 진(秦)나라나 초(楚)나라까지의 먼 길도 마다 않고 가는 것은 손가락이 남과 같지 않기 때문이다. 손가락이 남과 같지 않은 것은 부끄러운 줄 알면서 마음이 남과 같지 않은 것은 부끄러워할 줄 모르니, 이를 일러 경중을 모른다고 하는 것이다[今有無名之指屈而不信, 非疾痛害事也, 如有能信之者, 則不遠秦楚之路, 爲指之不若人也. 指不若人, 則知惡之; 心不若人, 則不知惡, 此之謂不知類也.]"라는 말에서 따온 말이다.

* 먼 데를~가까운 곳:『중용장구』제15장에 "군자의 도는 비유하면 먼 곳에 가려면 반드시 가까운 데로부터 하며, 높은 데 오르려면 반드시 낮은 데로부터 하는 것과 같다[君子之道, 辟如行遠必自邇, 辟如登高, 必自卑]"라고 하였다.

* 마음을~기르면:『맹자』「진심」에 나온다.

* 남보다~노력하면:『중용장구』에 나온다.

* 노력해서~행해야만:『중용장구』에 나온다.

벽에도 귀가 있다

[1]

아는 사람 없다고 이르지 말지니, 귀신이 여기에 있네. 듣는 사람 없다고 이르지 말지니, 귀가 담장에 붙어 있네. 하루아침의 분노가 평생토록 흠이 되기도 하고, 한 오리의 이익이 평생 누가 되기도 하네. 남들과 서로 간섭하면 한갓 다툼만 일어날 뿐이니, 내 마음 평안하게 하면 자연히 아무 일도 없게 된다네.

勿謂無知, 神鬼在玆. 勿謂無聞, 耳屬于垣 一朝之忿, 平生成釁, 一毫之利, 平生爲累. 與物相干, 徒起爭端. 平吾心地, 自然無事.

[2]

사람이 천자와 정승도 부러워하지 않아야 비로소 천자와 정승의 자리 줄 만하네. 선비가 진실로 한 푼의 은자를 아낀다면 곧 한 푼의 은자 값도 못 되는 것이네.

人不慕萬乘卿相, 方可付萬乘卿相. 士苟愛一分銀子, 便不直一分銀子.

— 권필(權韠, 1569~1612),「自警箴 二首」

평설

세상은 언제나 나를 지켜보고 있다. 귀신은 어디선가 보고 있고 담장에도 귀가 있는 법이다. 그러니 말과 행동을 조심하지 않을 수 없다. 한번 성질을 내는 것만으로 흠집이 남기도 하고, 한번 이익을 탐하는 일로도 나쁜 꼬리표가 따라다니기도 한다. 나는 한 번의 실수였다지만 세상은 나를 그것으로만 기억하는 법이다. 남과 일로 얽히다 보면 필연적으로 다툼이 일어나니, 관계를 단순화하고 마음을 편안하게 하면 아무 일도 생길 턱이 없다.

세상일이 되고 싶다고 될 수 있는 것이 아니다. 마음

을 비우고 있다 보면 때가 무르익어 내 자리도 생긴다. 열심히 살았던 보상은 그 자리에 대한 열망과 상관없이 조용히 찾아온다. 따지고 보면 남에게 인색한 것만큼 손해 보는 일도 없다. 남에게 돈이든 마음이든 아끼는 사람에게 남들도 똑같이 갚아주기 때문이다. 인색함은 다른 사람의 마음을 꽁꽁 닫게 만든다.

권필은 구구절절 옳은 말을 써서 경계로 담았다. 그러나 그의 말로(末路)는 처세에 실패한 사람처럼 보이기도 한다. 이 글을 보면 그가 한 선택이 어리석음에서 나온 것이 아니라, 결기에서 나온 것이라는 사실을 잘 알 수 있다.

어석

* 귀가 담에 붙어 있다.[耳屬于垣]: 『시경』, 「소반(小弁)」에 "군자(君子)는 쉽게 남의 말을 하지 말라. 담에도 귀가 붙었다[君子無易由言 耳屬于垣]"라고 하였다.

진짜 어리석음

안자(顏子)가 공자를 모실 적에는 단비가 사물을 적시는 것 같아서 선생님의 음성과 낯빛을 빌리지 않아도 모든 변화가 저절로 이루어졌다. 지금 한 사람이 선생을 따라서 배우고 있는데 물어보아도 살펴보지 않고, 가르쳐 주어도 따르지 않네. 느긋하게 스스로 옳게 여기니 안자의 어리석음과 같이 하는데, 스스로 반성하면 양심에 거리끼는 일 많이 있을 텐데 어찌 그리도 뻔뻔하던가. 이런 사람을 일러서 진짜 어리석은 이라 하나니, 마침내 만족하게 여기네. 내가 이 잠언을 써서 한편으로는 삼가고 한편으로는 경계한다.

顔子侍夫子, 如時雨澤物, 不假聲色, 萬化自發. 今有
一人, 從先生遊, 問之不審, 誨之不猶. 虛徐自是, 如
顔子愚. 自省多疚, 豈有若無. 是謂眞愚, 終然泄泄.
我用是箴. 一欽一戒.

– 이자(李耔, 1480~1533),「如愚箴」

평설

어리석음에는 두 종류가 있다. 하나는 실제로 어리석
어 요령부득한 것이고, 다른 하나는 어리석은 듯 보이
지만, 진중하게 행동하여 겉으로만 어리석은 듯 보이는
것이다. 전자는 이 글의 대상 인물에 해당하고, 후자는
안자에 해당한다. 안자의 어리석음이야 공자가 칭찬했
던 부분이다. 공자가 이르기를, "내가 안회와 종일토록
말할 적에 질문하지 않는 것이 마치 어리석은 듯하더
니, 물러간 뒤에 혼자 있을 때를 살펴보건대 충분히 내
말을 실천하고 있었으니, 회가 어리석지 않도다[吾與回言
終日, 不違如愚, 退而省其私, 亦足以發, 回也不愚]" 하였다. 『논어』「위
정(爲政)」편에 나온다. 골칫 덩어리인 제자의 어리석음을
꾸짖고 있다.

* 설설(泄泄): 한산(閑散)하여 자득(自得)한 모습.『시경』「위
풍(魏風)」'십무지간(十畝之間)'에, "열 이랑의 바깥에서, 뽕
잎 따는 사람이여! 그대와 함께 가리라(十畝之外兮, 桑者泄
泄兮, 行與子逝)"라고 하였다.

움직이지 않음의 쉽고 어려움

시끄러운 가운데 움직이지 않기는 쉬워도 조용한 가운데 움직이지 않기는 어렵다. 시름 가운데 움직이지 않기는 쉬워도 즐거운 가운데 움직이지 않기는 어렵다. 이미 움직이면 움직이지 않는 것은 쉬워도 움직이기 전에 움직이지 않는 것은 어렵다.

囂中不動易, 靜中不動難. 憂中不動易, 樂中不動難. 既動不動易, 臨動不動難.

– 양경우(梁慶遇, 1568~?), 「座右銘」

평설

이 글에는 부동(不動)이 여섯 번 등장한다. 여기서 부동이란 몸과 마음의 평정한 상태를 말한다. 저자는 부동의 어려움[難]과 쉬움[易]에 관해 우리의 상식과는 다른 해석을 내린다. 첫째로 시끄러운 상태가 부동에 방해가 될 것 같지만, 조용한 상태가 부동에 방해가 된다고 했다. 시끄러운 환경은 주위의 관심을 분산시켜 오히려 자신의 내면에 집중케 하지만, 조용한 환경은 주위의 관심을 나에게 쏠리게 해서 오히려 자신의 내면에 집중하기 어렵게 한다. 둘째로 근심스러운 상태가 부동에 방해가 될 것 같지만, 도리어 즐거운 상태가 부동에 방해가 된다고 했다. 근심은 그 자체에 집중하게 만들므로 부동의 상태를 유지하기 쉬우나, 즐거움은 거기에 푹 빠져 있으면 마음이 달떠서 경솔하게 움직이기 쉽다. 셋째로 이미 마음이 움직였을 때가 부동하기가 어려울 것 같고, 마음이 움직이기 전에는 부동하기가 쉬울 것 같은데, 이와는 정반대의 해석을 했다. 왜 그럴까? 마음이 이미 동요했다면 멈출 수도 있겠지만, 마음이 아직 동요가 일어나기 전 상태에서는 부동의 상태를 만들기가 원천적으로 어렵기 때문이다.

사귐을 조심해라

단정한 사람과 사귀면 도움이 되고, 편벽된 사람과 친구가 되면 반드시 해로움이 있다. 생선가게와 난초 핀 방에 오래 있으면 (그 냄새가) 몸에 배게 된다. 길흉과 화복은 나로 말미암아 움직이는 것이니 마음이 도리에 밝게 해서 곧 취할 것과 버릴 것을 결정해야 한다.

交端則益, 友辟必敗. 鮑肆蘭室, 久將與化, 吉凶禍福, 動必由我, 心明乎道, 則決取舍.

— 정래교(鄭來僑, 1681~1757), 「交際箴」

평설

어떤 사람을 만나느냐에 따라 인생이 바뀐다. 좋은 사

람을 만나면 나도 좋게 변하지만, 나쁜 사람을 만나면 나도 나쁘게 변한다. 그러니 무턱대고 아무나 만날 수는 없다. 누구와 사귀고 얼마나 친할 것인가? 만나는 사람의 수준이 자신의 수준을 말해준다. 따지고 보면 자신의 길흉화복도 자신이 선택한 사람들에 의해 결정되는 일이 많다. 그러니 사람을 알아보는 안목이야말로 삶에서 꼭 필요한 법이다. 많은 사람과 친해지기보다는 좋은 사람과 오래도록 깊이를 더하는 만남을 가져야 한다.

남들의 장점을 배워라

옛날의 성현들은 비록 크게 남들보다 뛰어난 지혜를 가지고 있었더라도 반드시 남들의 장점을 취했다. 나는 일에 대해서도 내 생각만을 주장하는 병폐가 있고, 문장도 또한 그러하다. 그래서 큰 진척이 없어서 드디어 다른 사람의 명을 가져다 짓노라.

옛사람이 말하였다. "어리석은 사람들이라도 천 가지 생각 중에서 반드시 맞는 게 하나는 있게 마련이고, 지혜로운 사람들이라도 천 가지 생각 중에서 반드시 잘못된 것이 하나는 있게 마련이다." 하물며 남이 반드시 모두 잘못된 것도 아니고, 나라고 해서 반드시 모두 옳은 것만도 아님에 있어서랴. 즐거운 마음으로 남들에게서 좋은 점을 가져다가 사람됨을 보완해야 하리라.

古昔聖賢, 雖有大過人之智, 必取於人爲善. 僕於事
有自主張之病, 於文字亦然. 所以不能長進, 遂作取
人銘.

古人有言曰, "愚者千慮, 必有一得, 智者千慮, 必有一
失." 況人未必皆失, 而己未必皆得歟. 樂取於人, 以輔
爾仁.

－ 권만(權萬, 1688~?), 「取人銘」

평설

　그동안 나 잘난 맛에 살았다. 내 생각과 글만이 옳다
는 생각에 빠져 있었다. 그러나 옛 성현들은 누구보다
뛰어났더라도 남들의 장점을 취하려고 노력했다. 남의
단점에 위로받지 말고 남의 장점을 취하려고 노력해야
한다. 옛사람의 말로 예를 들었던 것은 "성인도 천 가지
생각 중에서 반드시 한 번은 틀리고, 어리석은 사람도
천 가지 생각 중에서 반드시 한 번은 들어맞는다聖人千
慮, 必有一失, 愚者千慮, 必有一得"라는 말에서 나온 것이다. 『안
자춘추(晏子春秋)』 「내편잡하(內篇雜下)」와 『사기(史記)』 권92
「회음후열전(淮陰侯列傳)」 등에 보인다. 한신(韓信)이 조(趙)

145

나라 20만 대군을 괴멸시키고 생포한 책사 이좌거(李左車)에게 연(燕)과 제(齊)나라 공략책을 묻자 거듭 사양하다 대답한 말이다.

세상에 나만 옳다는 생각처럼 위험한 것도 없다. 이렇게 되면 독단에 빠져 독불장군이 될 뿐이다. 남의 충고나 의견에 마음의 문을 열어두어야 한다. 그래야 자신의 부족한 점을 깨닫게 되고 고칠 수 있다. 아직도 부족하고 멀었다는 그러한 생각이 나를 더 좋은 사람으로 만들어준다.

해야 할 일, 하지 않아야 할 일

행동이 반드시 허물을 부른다면 행동하지 않는 게 낫고, 말이 반드시 후회를 초래한다면 말하지 않는 게 낫고, 일을 해도 반드시 이루어짐 없게 되면 일을 하지 않는 것이 낫고, 구해서 스스로 비굴해진다면 구하지 않는 게 낫다.

動必招尤, 莫如勿動. 言必致吝, 莫如勿言. 做必無成, 莫如勿做 求則自屈, 莫如勿求.

– 유도원(柳道源, 1721~1791) , 「四莫箴」

평설

행동과 말, 일 처리와 구하는 일에서 하지 않아야 할

것에 관해서 말했다. 내용은 그 자체로 이해하기 어렵지 않다. 유도원은 해야 할 것에 관해서도 「사당잠(四當箴)」에서 다음과 같이 말했다. "행동할 때 행동하면 행동을 해도 허물이 없게 되고, 말을 해야 할 때 말하면 말을 해도 후회가 없으며, 일을 해야 할 때 일하면 일하는 것이 이룸이 있고, 구하는 것이 마땅히 구할 만한 것이 있으면 자신에게 있는 것을 구한 것이다[當動而動, 動亦無尤. 當言而言, 言亦無咎. 當做而做, 做亦有成. 求有當求, 求在我者.]" 해야 할 일과 하지 않아야 할 일을 구분하는 것은 어렵지 않다. 하지만 언제나 해야 할 일은 하지 않고 하지 않아야 할 일은 해서 문제가 생긴다.

속이지 않아야 할 네 가지

임금을 속이지 않고 남을 속이지 않으며 마음을 속이지 않고 귀신을 속이지 않을 것이니, 오직 이 네 가지를 속이지 않으면 나의 참됨을 온전히 하기에 충분하다.

不欺君, 不欺人, 不欺心, 不欺神. 惟茲四不欺, 足以
全吾眞.

− 박윤원(朴胤源, 1734 ~ 1799), 「四不欺箴」

평설

후한(後漢)의 양진(楊震)이 동래(東萊) 태수로 부임할 때 창읍 현령인 왕밀(王密)이 밤에 찾아와서 금 10근을 뇌물로 바쳤다. 양진이 사양하자, 왕밀이 말하였다. "밤이라 아무도 알 사람이 없습니다." 그러자 양진이 "하늘이 알고 귀신이 알고 내가 알고 자네가 아니, 어찌 알 사람이 없다고 하는가[天知神知我知子知, 何謂無知]"라고 말하며 끝내 뇌물을 사양했다. 『소학(小學)』 「선행(善行)」에 나오는 이야기다. 여기에 대해 웅씨(熊氏)가 "군자는 밝은 곳에서는 하늘을 속이지 않고, 어두운 곳에서는 귀신을 속이지 않으며, 안으로는 자기 마음을 속이지 않고, 밖으로는 남을 속이지 않는다[君子明不欺天, 幽不欺神, 內不欺心, 外不欺人]"라고 하였다.

『소학』에서는 하늘, 귀신, 마음, 사람의 네 가지를, 박윤원은 임금, 사람, 마음, 귀신의 네 가지를 들었다. 박윤원은 하늘 대신 임금을 넣었다. 누군가를 속이겠다는 생각은 정말 어리석은 짓이다. 순간적으로 속여도 영원히 속일 수 없다. 남들을 속이려 들어도 속일 수 없으니 속이려는 마음은 금세 다 알아차리기 마련이다. 그러니 누구에게나 어떤 일도 속이려 들지 않아야 한다. 속이지 않으면 떳떳하고, 떳떳하면 남의 눈치 볼 것도 없다. 속이는 것이 일상이 되면 자신과 남들 모두를 속이는 지경이 된다.

깨끗한 거울처럼 잔잔한 물결처럼

나에게 오래된 거울이 있으니 백 번 정련한 쇠붙이로 만든 것이네. 보석 상자에 간직하여서 먼지가 끼지 않게 하고, 때때로 말끔하게 훔쳐서 얼음 같은 빛이 깨끗하게 해야 하네. 사람마다 모습을 비추어주어 작은 털 끝까지 밝게 보도록.

나에게 맑은 못이 있으니 자그마한 못이었네. 언제나 흐르는 물 보태주어서 밤낮으로 넘실대게 해야 하네. 더러운 것 깨끗하게 하여 맑고 깨끗하게 하고 잔잔한 물결도 일지 않게 해야 하네. 빈 것이 사물을 비추어 구름 그림자 생기고 하늘빛 생기도록.

거울이여! 물결이여! 오직 마음의 덕이네. 어찌 그 마음 수양하지 않는가! 마음이 바로 태극인 것을.

我有古鏡, 百鍊之金. 藏之寶匣, 不使塵侵. 有時拂拭,
氷輝交潔. 隨人鑑形, 洞徹毫末. 我有淸池, 半畝之塘.
常添活水, 日夜洋洋. 蠲穢澄瀅, 微瀾不揚. 空虛映物,
雲影天光. 鑑乎水乎, 惟心之德. 盍養其心, 方寸太極.

– 김홍욱(金弘郁, 1602~1654),「養心箴」

평설

　마음을 투명하고 깨끗한 거울이나 물결처럼 간직해
야 한다. 마음이 삐뚤어지면 온통 뒤틀려 보일 수밖에 없
다. 그렇게 되면 먼지 낀 거울이나 출렁대는 물결처럼 그
어떤 것도 바로 비출 수가 없다. 마음이 뒤틀린 사람에게
는 선한 일도 좋은 사람도 없게 된다. 선한 일은 꼼수와
꿍꿍이가 있는 것처럼 보이고, 좋은 사람은 허위와 가식
이 숨어 있는 것처럼 본다. 마음이 바른 사람은 악의도
선의로 보지만, 마음이 뒤틀린 사람은 선의도 악의로 보
게 된다. 사람은 자신의 마음 크기와 상태에 따라 남들을
재단한다. 그러니 내 마음을 잘 보존하지 않을 수 있겠
는가. 내 마음이 맑으면 세상만사가 깨끗하게 보이지만,
내 마음이 더러우면 세상 모든 일이 혼탁하게 보인다.

이치와 의리를 따져라

네가 옳다고 여기는 것이 과연 이치에 합당한 것인가? 네가 그르다고 여기는 것이 과연 의리에 어긋나는 것인가? 만일 그르다면 진실로 고수해서는 안 될 것이고, 만일 옳다면 또한 바꾸어서도 안 될 것이다. 이미 아는 것이 철두철미하다면 어째서 굳게 지키지 아니하는가. 오직 굳게 지키지 아니하기에 많은 잘못이 있게 되는 것이다.

爾所謂是者, 果合於理耶. 爾所謂非者, 果違於義耶. 如其非也, 固不可執也, 如其是也, 亦不可易也. 旣知之徹, 盍守之固. 惟其不固, 是以多誤.

– 정종로(鄭宗魯, 1738~1816),「自警箴」

옳고 그름을 판단하는 기준은 이치[理]와 의리[義]여야 지, 내 주관적 판단에 얽매여서는 곤란하다. 옳은 것은 고수하고 그른 것은 고수하지 않아야 한다. 그런 뒤에 이치와 의리에 맞아떨어졌다면 주저 없이 굳게 지켜나 가야 한다.

한 세상 그럭저럭 살았다

젊어서는 어찌 그리 술을 탐하였고 늙어서는 어찌 그리 책에 빠졌던가. 이 몸을 도모함은 어찌 그리 서툴렀고 세상과는 어찌 그리 소원했던가. 오십 년을 살아왔던 한 명의 가난한 선비지만 이 마음을 끝까지 지킨다면 거의 부끄러움 없으리라.

少何耽酒. 晚何嗜書. 謀身何拙. 與世何疏. 五十年來,
一箇寒士. 終始此心, 庶幾無愧

– 이수광(李睟光, 1563~1628), 「自警箴」

평설

50년 남짓한 세월을 살면서 나를 한번 뒤돌아본다.

젊어서는 술에 빠졌고 늙어서는 책에 빠졌다. 내 한 몸 챙기는 일에는 서툴렀고 세상과는 애초부터 맞지 않았다. 어근버근 살아왔지만, 그리 후회는 없다.

고쳐야 할 여섯 가지

경솔함은 진중함으로 바로잡고, 조급함은 느긋함으로 바로잡으며, 편협함은 관대함으로 바로잡고, 초조함은 고요함으로 바로잡는다. 사나움은 온화함으로 바로잡고, 엉성함은 섬세함으로 바로잡는다.

輕當矯之以重, 急當矯之以緩, 偏當矯之以寬, 躁當矯之以靜, 暴當矯之以和, 麤當矯之以細.

— 상진(尙震, 1493~1564), 「自警銘」

평설

이 글은 『지봉유설(芝峯類說)』과 『격언연벽(格言聯璧)』에도 나온다. 세상에서 흔히 저지를 수 있는 문제는 경솔,

조급, 편협, 초조, 사나움, 엉성함이란 여섯 개의 단어에 다 포함된다. 이런 실수를 고쳐 나가려면 어떻게 해야 할까? 달뜬 말이나 행동처럼 사람을 가볍게 보이는 게 없으니 말 한마디 행동 하나 진중하게 처신해야 한다. 조급해서 그르쳤던 일이나 관계는 한 박자 쉬고 느긋하게 다가서면 해결이 되기 마련이다. 이것만 옳다고 생각했던 편협한 생각은 그것도 가능하다는 관대한 마음으로 바꿔야 한다. 안달복달 마음을 끓였던 초조함은 차분하게 마음을 가라앉히면 나아진다. 먼저 싸우자고 달려들던 사나운 마음은 나도 남들도 다치게 했지만, 상대를 품는 온화한 마음은 나도 남들도 따스하게 만든다. 매사에 엉성하게 하던 일 처리는 꼼꼼하게 하면 실수가 줄어들기 마련이다. 짧지만 긴 글처럼 느껴진다. 지금 이런 사람인 것이 부끄러운 것이 아니라, 앞으로도 이런 사람일 것이 부끄러운 일이다. 서툴고 모나던 것들을 고치고 다듬어서 어제와 다른 사람이 되어야 한다.

잘못을 고쳐라

무릇 진심으로 잘못을 고친 자는 모습이 부끄러워하는 기색이 있고 말은 온화하여서 마음에 허물하고 원망하는 것이 없다. 반면 진심으로 잘못을 고치지 않고서도 고친 척하는 자는 모습이 억지로 웃게 되고 말은 따라서 막히게 되어서 마음이 한스럽게 될 것이다. 그러니 경계하여 삼가고 경계하여 삼가서 참과 거짓 사이에서 후회와 부끄러움이 있게 하지 말지어다.

凡人其眞改過者, 其容慚, 其辭和, 其心無尤怨焉, 其眞不改過而佯謂之改者, 其容强笑焉, 其辭隨而格, 其心恨焉. 戒愼哉. 戒愼哉. 勿於誠僞之間有悔吝.

– 김상숙(金相肅, 1717~1792), 「改過箴」

잘못을 고치는 사람과 잘못을 고친 척하는 사람은 말과 모습, 마음가짐이 완전히 다르다. 잘못이 있는 것도 문제지만 더욱 문제는 잘못이 있는데도 고치려 들지 않는 태도다. 잘못을 고쳐서 후회와 부끄러움이 없게 살 것인가? 잘못을 고치지 않고서 후회와 부끄러움 속에 살 것인가? 여기 두 갈래의 길이 있다.

부끄럽지 않은 삶

안으로 마음에 부끄럽지 않고 위로 하늘에 부끄럽지 않아야 하네. 눈앞의 이익을 구하지 않으면 멀리 있는 복이 저절로 도타워지리라.

內不愧心, 仰不愧天. 不求近利, 遠福自敦

– 위백규(魏伯珪), 「玉果公廨箴」'作廳'

평설

나 자신에게는 물론이거니와 세상에 부끄럽지 않아야 한다. 당장 이익을 악착같이 챙기는 것이 손해 보지 않는 삶이라 착각들 한다. 그러나 지금 손해가 되더라도 멀리 보고 살아가다 보면 복은 저절로 찾아오게 된다.

여섯 가지 참아야 할 일

선비가 힘써야 할 것은 여섯 가지를 참는 데 있다. 굶주림을 참아야 하고 추위를 참아야 하며, 수고로움을 참아야 하고 곤궁함을 참아야 하며, 노여움을 참아야 하고 부러움을 참아야 한다. 참아서 편안히 여기는 경지에 이르게 되면 위로는 하늘에 부끄럽지 않고 안으로는 마음에 부끄럽지 않을 것이다.

夫然士之所勉者, 在六忍. 忍飢忍寒忍勞忍困忍怒忍羨忍, 而至於安之, 則上不愧天, 內不愧心矣.

— 이익(李瀷), 「善人福薄」중에서 일부

위의 구절은 선한 사람이 왜 박복(薄福)할 수밖에 없는
지를 밝힌 글의 말미에 나온다. 글의 앞에서 "선한 사람
은 벼슬이나 재물을 구차하게 구하지 않고, 남과 경쟁
을 수치로 여기며 남에게 은혜를 베푸는 일에 힘쓰니,
가난해질 수밖에 없다"라고 말했다. 그러니 선비들은
고난의 길이 예기(豫期)된 셈이다. 고난의 길에서 무엇을
참아야 하는가? 굶주림, 추위, 수고로움, 곤궁함, 노여
움, 부러움을 참아야 한다고 했다. 이 모든 것을 참아내
면서도 편하게 느끼는 경지가 되면 세상이나 나에게도
부끄러울 것이 없게 된다. 내게 주어진 어려운 상황을
바꾸려 애쓰지 않고 그대로 받아들이려 한다. 부끄러우
면서 편안한 상황에 놓이기보다는 부끄럽지 않으면서
불편한 상황을 감내했다.

달인의 조건

품은 뜻은 드높여야 하고 기개는 떨쳐야 하니, 품은 뜻 드높이면 송골매가 높은 하늘 가로지르는 것 같고, 기개를 떨치면 천리마가 재갈을 마다하는 것 같네. 기상은 온화하게 하고 마음은 탁 트여야 하니, 기상이 온화하면 봄날 따스한 바람과 같고 마음이 탁 트이면 가을 하늘에 밝은 달과 같네. 품행은 갈고 닦아야 하고 학문은 치밀하게 하여야 하니, 품행은 갈고 닦으면 천연의 좋은 옥을 다듬는 것 같고 학문은 치밀하게 하면 명주실로 비단을 짜는 것 같네. 재능은 발휘하고 지조는 굳게 지켜야 하니 재능을 발휘하면 시내에 흐르는 물이 막힘이 없는 것 같고, 지조를 굳게 지키면 은산(銀山)의 철벽(鐵壁)이 꿈쩍하지 않는 것 같네. 군자가 이 몇 가지에 능숙한 다음이라야 달통했다고 말할 수 있으리라.

志尙要激昂, 意氣要奮發, 激昂則如霜鶻之橫雲霄,
奮發則如神駒之謝銜勒. 氣象要和暢, 心胸要洞澈,
和暢則如春日之溫風, 洞澈則如秋天之霽月. 名行
要砥礪, 學問要縝密, 砥礪則如良璞之磨冶, 縝密
則如蠶絲之組績. 才術要流通, 節操要堅確, 流通
則如長川活水之無所礙, 堅確則如銀山鐵壁之不
可拔. 君子能是數者, 然後斯可謂之達.

– 최창대(崔昌大, 1669~1720), 「達箴」

평설

　품은 뜻과 기개, 기상과 마음, 품행과 학문, 재능과 지
조 등 8가지 항목들이 제대로 발현될 때 어떻게 되는지
를 송골매와 천리마, 봄바람과 밝은 달, 좋은 옥과 비
단, 시냇물과 은산 철벽 등에 빗댔다. 이러한 일들에 능
숙해져야 말 그대로 달인(達人)이 될 수 있는 것이다. 요
즘에는 달인이 하나의 기예에 뛰어난 사람이란 말로 평
가절하되어 사용되지만, 실상 달인은 사물의 이치에 두

루 통달한 사람을 일컫는 말이다. 달인은 하루아침에
될 수 없고, 이러한 치열한 자기완성의 과정 속에나 실
현될 수 있다.

어석

* 은산 철벽(銀山鐵壁): 은산은 하남성(河南省) 창평현(昌平縣)
동북쪽에 있는 산. 봉우리가 높고 험준하며 항상 얼
음과 눈이 쌓여 있어 백색으로 보이므로 이를 은산이
라 이름하였으며, 이 산의 기슭에는 모두 검은 석벽
이 있으므로 철벽이라 불렀는데, 사람의 의지가 굳고
기상이 높아 범할 수 없음을 비유하는 말로 쓰인다.

매사에 조심하라

공경치 않는 일이 없어야 하고 스스로 속임이 없어야
하니, 썩은 새끼[索]로 말[馬]을 다루 듯 조심하고 마른 나
뭇가지에 매달리듯 조심하라. 나아갈 때에 물러설 줄을
알아야 하고 편할 때 위태로움을 생각하면 어려운 지경
에 처하더라도 허물이 없게 될 것이니 이것을 늘 염두
에 두어야 한다.

毋不敬, 毋自欺. 馭朽索, 攀枯枝. 進知退, 安思危,
屬無咎, 念在玆.

– 이달충(李達衷, 1309~1384), 「惕若齋箴」

마음과 행동 모두 조금이라도 공경하지 않음이 없어
야 하고, 자기 마음속으로 혼자만 알고 있는 것을 삼가
야 한다. 마치 썩은 새끼가 끊어질 듯 조심해서 말을 다
루는 것처럼 해야 하고, 마른 나무가 뚝 부러질 듯 조심
해서 나무에 매달려 있는 것처럼 해야 한다. 3·4구는
고사가 있는 말이다. 3구는 『서경』 「오자지가(五子之歌)」
에 "나는 백성을 대할 때면 썩은 동아줄로 여섯 마리 말
을 모는 듯이 두렵다. 남의 윗사람이 된 자로서 어찌 공
경하지 않을 수가 있겠는가?[予臨兆民, 凜乎若朽索之馭六馬. 爲人
上者, 奈何不敬]"라고 한 데서 나왔다. 또 4구는 동진(東晉) 때
은중감(殷仲堪)이 "백 세 노인이 마른 나뭇가지를 잡고 오
른다[百歲老翁攀枯枝]"라고 한 말에서 나온 것으로 위태로운
상황을 의미한다. 지금 좋은 자리에 나아가서 편안히
있다고 해서 거기에 안주해서는 곤란하다. 때가 아니라
고 판단하면 자리를 박차고 나와 물러나기도 하고, 위
기가 닥칠지도 모르는 것처럼 이것저것 두루 살펴야 한
다. 이렇게 되면 정말 어려운 일이 닥치더라도 아무런
문제 없이 넘어갈 수 있다.

어려운 일부터 먼저 해야 한다

들판에 좋은 싹이 있다고 하여도 김매지 않으면 어찌 수확할 수 있으며, 웅덩이에 헤엄치는 물고기가 있다고 하여도 낚시질하지 않으면 어찌 잡을 수 있으리. 명철한 사람은 행실 닦아서 복록을 구하지만, 어리석은 사람은 요행으로 복을 바라네. 가까이 있던 것도 멀어질 수 있고, 멀리 있던 것도 가까워질 수 있네. 내가 옛사람을 생각해 보니 벌단에 나오는 군자이네.

野有良苗, 非芸何穫? 涔有潛鱗, 非釣何得? 此維哲人,
砥行干祿. 彼維愚人, 徼無望福. 邇邇亦遙, 遙遙可邇.
我思古之人, 伐檀君子.

　　　　　　　　　　– 김윤식(金允植, 1835~1922), 「先難後獲箴」

수확하고 싶으면 경작해야 하고, 즐거워지고 싶으면
수고로움을 마다하지 않아야 한다. 학문이나 성공이나
하루아침에 되는 법은 없다. 그렇다고 세상사가 들인
노력만큼 보상이 꼭 있는 것도 아니다. 그런데 만일 노
력도 하지 않는다면 그 어떤 성취도 있을 턱이 없다. 설
혹 노력은 하지 않았는데 요행으로 성취를 얻는다 하더
라도 그것이 꼭 좋은 것도 아니다. 요행으로 무언가를
바라면 가까이 있던 복은 멀어지고 멀리 있던 화는 가
까워질 수 있다. 옛사람을 떠올려 보면 노력해서 대가
를 받은 사람들뿐이다. 거저 되는 것은 아무것도 없다.

* 벌단에 나오는 군자: 『시경』 「벌단(伐檀)」에 "저 군자
  여 공밥을 먹지 않도다[不狩不獵, 胡瞻爾庭有縣貆兮, 彼君子兮,
  不素餐兮.]"라는 말이 나온다.

리더에게 하는 충고

한 시간의 12각 안에서 쉬지 않고 생각하고, 하루의 12시간 안에서 앞으로 걷기를 그치지 않는다면 내일은 오늘과 다르고, 오늘은 어제와 달라질 것입니다. 조금씩 바꾸기를 쉬지 않는다면 보통 사람은 현인(賢人)으로 나아가고, 현인은 성인(聖人)으로 나아가게 됩니다. 그러나 잠시 한눈팔면 틈이 생기고 조금 쉬면 후퇴하게 됩니다. 천행(天行)의 건실함을 마땅히 깊이 체득할 것입니다. 처마 앞의 나무는 나날이 웃자라고 처마 밖의 물은 나날이 흘러 눈앞의 풍경이 옛날 모습이 아님을 깨닫게 되니, 자신에 관한 공부를 어찌 쉴 수가 있겠습니까. 아침에는 읽고 낮에는 강론하며 밤이면 생각하여 옛것을 익히고 새것을 알아야 할 것입니다. 과실이 있으면 고치고 잘한 게 있으면 따르고 의로우면 행하여 옛것을 버리고 새것을 따라야 합니다. 아! 말세에는 오로지 날마다 놀기만 하고 게으름 피우다 어느새 머리가 하얗게 세면 오히려 옛날의 나일 뿐입니다. 우리 동방은 운이 시작에 속해 있음을 어찌하겠습니까! 탕반(湯盤)의 교훈을 감히 상감께 바칩니다.

一時十二刻之內, 念念相續, 一日十二辰之中, 步步向前爲未已, 明日異於今日, 今日異於昨日. 而漸遷作不輟, 常人進於賢人, 賢人進於聖人. 而沛然乍放則驁, 少歇則退. 天行之健, 所當深軆, 軒前有樹日日抽, 軒外有水日日流, 眼前光景覺非昔, 身上工夫其可息? 朝則讀, 晝則講, 夜則思, 溫故知新; 過則改, 善則服, 義則行, 舍舊從新. 嗟嗟叔季, 惟日遊惰, 居然白首, 猶是舊我. 那歟吾東, 運屬一初. 湯盤之訓, 敢獻當宁.

- 이용휴(李用休, 1708~1782),「日新軒銘」

평설

이 글의 원제는 '일신헌명(日新軒銘)'이다. 여기서 말하는 일신헌(日新軒)은 경희궁(慶熙宮)에 있는 전각이다. 이 글은 임금에 대한 충고를 담고 있다. 앞부분에서는 한 시간 하루의 의미가 얼마나 중요한지를 밝혔다. 시간은 평범한 사람도 아껴서 의미 있게 사용해야 하는 것이니, 한 나라를 다스리는 임금에게는 더더욱 그러하다. 임금은 어떻게 하루를 보내야 하는가? 아침에는 고금의 경전을 읽고, 낮에는 신하들과 강론을 하며, 밤에는 온고지신(溫故知新)해야 한다. 그러니 한때도 허투루 보낼 수가 없다. 과실이나 구태(舊態)는 주저 없이 버리고 선하고 올바른 일들은 그대로 지속해야 한다. 유지할 것은 금세 바꾸고 바꿀 것은 계속 유지한다면 그 나라에는 희망이 없다. 밀어붙일 것과 교체할 것을 판단하는 것은 리더의 가장 중요한 덕목이다. 그릇된 관행이나 추진력이 계속될 때 나라는 도탄에 빠진다. 만인지상인 임금의 과오나 실수는 그 파급력 또한 엄청날 수밖에 없다. 탕반(湯盤)은 쉽게 풀면 탕 임금의 목욕통인데, 『대학』에 "탕 임금의 목욕통에 새긴 명(銘)에 이르기를 '진실로 어느 날 새로워졌거든 나날이 새로워지고 또 날로 새로워져야 한다'"(湯之盤銘曰: 苟日新, 日日新, 又日新)라고 한 것을 가리킨다.

이 글은 짧지만 강렬한 메시지를 전달한다. 천고일제(千古一帝, 천 년에 한 번 나올 황제)였던 강희제(康熙帝)는 바랄 수 없을지라도, 암군(暗君)이나 우군(愚君)이라면 곤란하다. 예나 지금이나 강력하고 지혜로운 리더를 바라는 마음은 똑같다. 리더가 선의(善意)를 가졌다 하더라도 국정 운영에 실패한다면 그것이 악의(惡意)이다. 리더는 잘못된 정책을 불도저처럼 밀고 나가려고만 하고, 측근들은 반대의 목소리를 감춘 채 입안의 혀처럼 리더의 비위만 맞추려 든다면 그런 나라에 희망이 있겠는가?

무서운 백성들

(…)

백성을 하늘로 삼을 것이니

하늘은 진실로 두려워해야 하며

백성을 물에다 빗대었으니

물은 반드시 경계해야 할 것이네

하늘도 아니고 물도 아니며

또 하나의 크게 험한 곳이니

그 험한 것이 무엇이건대

평평한 땅에서 일어나는가?

어리석고 어리석은 구민(邱民)은

서울과 시골에 퍼져 있으니

평소에는 일이 전혀 없어서

다스리기 쉬운 것도 같지만

한 번의 소홀함이 있기만 하면

이미 불행한 조짐이 되고

한 번의 어김이 있기만 하면

원망과 노함이 산과 같다네

막히면 험난한 산길이 되고

맺히면 가파른 바위가 되어

천 개의 포사(襃斜)처럼 험난케 되고,

만 개의 태항산(太行山)처럼 삼엄히 되네

(…)

험함이 이와 같다 할지라도

다스리는 데엔 꾀가 있으니

평탄하고 순종하게 하려면

덕혜(德惠)를 쌓아야 할 것이며

다스려서 편안하게 하려면

편안히 어루만짐에 힘써야 하리니

무엇을 태평(太平)이라 이르는가?

험한 것이 평탄하게 됨이로다

무엇을 가정(嘉靖)이라 이르는가?

험한 것이 맑아지게 되는 것인데

전에 그것이 들어 있으니

두려워하지 않으면 두려운 상황을 맞게 된다.

남의 윗사람이 된 사람이여!

어찌하여 두려워 아니할쏜가?

보잘것없는 내가 지은 잠언을

대궐에다 바치노라니

나의 말 어리석다 이르지 말고

원컨대 임금 곁에 갖추옵소서

(…)

以民爲天, 天固可畏

以民喩水, 水所必戒

匪天匪水, 又一嶮巇

其險維何, 起於平地?

蚩蚩邱民, 布在都鄙

平居無事, 御之若易

一有忽之, 已兆險巇

一有拂之, 怨怒如山

阻爲崎嶇, 結爲巉巖

千褒斜難, 萬太行陰

(…)

險也如此, 平之有術

欲坦而帖, 德惠是積

欲鎭而安, 撫綏是力

何謂太平, 以嵒之平

何謂嘉靖, 以嵒之淸

於傳有之, 不畏入畏

爲人上者, 奈何不懼

小人攸箴, 獻于象魏

勿謂言讇, 願備丹扆

－ 이용휴(李用休, 1708~1782), 「民嵒箴」

평설

이 글의 제목은 「민암에 대한 잠(民嵒箴)」이다. 민암(民
嵒)에서 암(嵒)은 험악하다는 의미다. 백성을 다스리기에
정성을 다하지 않는다면 백성은 험악해져서 나라가 위
태롭게 된다는 말이다. 『서경』 「소고(召誥)」에도 "백성의

178

험악함을 돌아보아 두려워하소서[顧畏于民碞]"라고 나온다. 민암이란 제목으로 글을 쓴 것은 조식(曹植)의 「민암부(民巖賦)」가 대표적으로, 그 외 작가의 작품은 몇 편에 불과하다. 그만큼 민암의 함의가 갖는 무게가 만만치 않았다.

백성을 소홀하게 대하고 거역하게 되면 백성은 산과 같은 존재가 된다. 급기야는 포사(褒斜)와 태항산(太行山)같이 험난하게 자리 잡는다. 포사는 중국 산시성(陝西省) 종남산(終南山) 골짜기 이름으로 교통의 요로(要路)이고, 태항산은 우공이산(愚公移山)의 고사로 알려져 있다.

인용문에서 생략된 부분을 보면 이러한 험함이 잠복해 있다가, 군주의 안일함에서 시작되어 군주의 게으르고 거만한 데서 완성된다. 그렇게 되면 군주의 대단한 힘과 위엄으로도 그 험함을 결코 잠재우기가 어렵다. 걸주(桀紂)도 이러한 백성의 험함을 만나서 무너져 내렸다. 그렇다고 백성의 험함을 잠재울 방법이 전혀 없는 것은 아니다. 혜환이 제시한 방법은 '덕혜(德惠)'와 '위무(慰撫)'다.

글의 말미에서는 『서경』 「주관(周官)」에 나오는 "두려워하지 않으면 두려운 상황을 맞게 된다[不畏入畏]"라는 말을 써서 군주의 각성을 촉구했다. 이 글은 마치 허균의 「호민론(豪民論)」을 읽는 것 같다. 은근한 협박조의 글이다. 「손상익하에 대한 잠[損上益下箴]」에서는 경제적인 부를 백성에게 돌리라고 설파했고, 이 글에서는 치정(治定)의 측면에서 백성을 두렵게 여겨 잘 다스리라고 말하고 있다. 두 개의 글 모두 재야(在野)의 문사가 군주에게 올리는 글 치고는 상당히 수위가 높다. 백성에 대한 그의 사랑과 관심은 이 두 글만 살펴봐도 쉽게 짐작할 수 있다.

3부

이렇게 살아 가리라

다짐

스스로 경계하다

　나이가 쉰이 되는 가을 구월 초하루에 자경잠(自儆箴)을 지어서, 아침저녁으로 보면서 스스로 힘쓰려 한다. 가까운 듯하다가 멀어지고, 얻은 듯하다가 잃어버리게 된다. 멀어졌다가 이따금 가까워지기도 하고, 잃었다가 이따금 얻기도 한다. 아득하여 어찌할 줄 모르는 듯하다가, 밝아서 보이는 듯도 하다. 빛나던 것이 어두워지기도 하고, 아득하던 것이 간혹 밝아지기도 한다. 그만두려 해도 차마 그럴 수 없고, 힘써 해보려 해도 그러기엔 힘이 부족하다. 스스로 책망하고 스스로 부끄러워해야 함이 마땅하다. (거백옥은) 쉰 살에도 마흔아홉 살까지의 잘못된 점을 알았고, (무공은) 아흔 살에도 억시를 지었는데, 이는 옛날에 스스로 힘쓰던 일이었다. 오히려

한순간도 게을리하지 아니하였으니 힘쓰고 힘쓸지어
다. 자포자기하는 사람은 어떤 사람이더냐?

五十歲秋, 九月初吉, 作自儆箴. 朝夕觀之, 庶以自勉.
若近焉而遠之, 若得焉而失之. 遠矣而時近也, 失矣
而時得也. 茫乎無所措也, 赫乎如有覩也. 赫乎或昧
焉, 茫乎或灼焉. 將畫也不忍焉, 將疆也不足焉. 宜其
自責而自忍焉. 五十而知非, 九十而作抑, 斯古之自
力也. 尚不懈于一息, 勉之哉勉之哉. 自暴自棄, 是何
物邪?

– 이색(李穡, 1328~1396),「自儆箴」

평설

 이색이 쉰 살에 지은 글이다. 지천명(知天命)의 나이지
만 여전히 삶은 불투명하고 불가해(不可解)하다는 느낌만
이 가득하다. 가까운 듯하고 얻은 듯도 하며 잃어버린
듯도 하고 얻은 듯도 하며 밝은 듯도 하고 어두운 듯도
하다. 그래서 지쳤으니 그만두자 하다가도 그럴 수는
없고, 악착같이 달려들어 무언가 하려다가도 힘이 쑥

빠진다. 그러니 끊임없이 자신을 독려함이 마땅하다. 거백옥은 쉰 살에도 마흔아홉 살까지의 잘못에 대해서 반성하였고, 위 무공은 95세의 나이에도 시를 지어 자신을 몰아붙였다. 사람은 쉼 없이 반성을 거듭해서 삶의 좌표를 수정하지 않으면 안 된다.

쉰 살만 넘어도 어른 대접을 받고 싶어 하고, 예순 살이 넘으면 원로나 대가(大家) 대접을 받으려 한다. 자신은 아집과 편견 속에 빠진 채 남들에 대해 교조적 훈시를 늘어놓는다. 여기에는 남들에 대한 교만한 평가만 있을 뿐, 자신에 대한 혹독한 반성은 없다. 그러니 자기반성과 자기 검열이란 얼마나 어려운 일인가, 과연 그것이 가능하기나 한 것일까.

어석

* 그만두려 해도: 『논어』「옹야(雍也)」에 보인다. 공자의 제자 염구(冉求)가 "선생님의 도를 좋아하지 않는 것은 아닙니다마는, 힘이 부족합니다"라고 하자, 공자가 "힘이 모자라는 사람은 중도에서 그만두니, 지금 너는 스스로 포기하는구나"라고 하였다.[冉求曰, 非不說子之

道, 力不足也, 子曰, 力不足者, 中道而廢, 今女畫]

* 힘써 해보려 해도 : 『주역』 건괘(乾卦)의 상(象)에 이르기
를, "하늘의 운행이 굳세니 군자가 이를 보고서 스스로
힘을 쓰면서 쉬지 않는다[天行健, 君子以自彊不息]" 하였다.

* 쉰 살에도~알았고 : 거백옥(蘧伯玉)은 50세에 49세까지
의 잘못을 다 깨달아 반성했다고 전해진다.

* 아흔 살에도~지었으니 : 춘추시대 위 무공(衛武公)이 95세
의 나이에도 억(抑)이란 시를 지어 자신을 경계하였다.

어리석음을 씻어내라

이상하다. 어리석음이 어리석음 됨이여! 자유분방한 재목은 시주(詩酒)에 어리석은 바가 되는 것이고, 청허(清虛)한 무리는 불로(佛老)에 어리석은 바가 되는 것이다. 비둔(肥遯)은 강산에 하는 어리석음이고, 공명은 이익과 관록(官祿)에 하는 어리석음이며, 장사꾼은 시정(市井)에 하는 어리석음이고 호협(豪俠)은 음악과 여색에 하는 어리석음 등은 어리석음이 비록 다른 어리석음이기는 하나, 그 어리석은 것은 같은 것이다.

갓이 그 티끌을 덮어쓰게 되면 반드시 그 덮어쓴 것을 떨어내야 하고, 옷이 그 더러운 때를 덮어쓴 것은 반드시 그 덮어쓴 것을 씻어야 한다. 한 마음이 어리석은 것은 사물에 어리석은 것이 되는 것이니, 복희씨가 지은 주역의 양몽(養蒙)에 귀가 어둡고, 장재(張載)의 『정몽(正蒙)』에 무지하였다. 본체에 밝은 것은 해와 달처럼 밝은 것이나 구름과 안개가 덮이게 되고, 힘찬 근원은 곧 못과 샘(淵泉)의 근원이나 진흙과 찌꺼기에 덮이게 되는 것이다. 이것이 공자와 맹자께서 어리석은 무리를 일깨워 주는 까닭이니 만고의 떳떳한 인륜에 힘입어서 어리석지 않게 된다. 사람이 모두 어리석음을 일깨우면 누가 우매하다고 이를 것인가. 아! 장보(章甫)의 관을 쓰고 봉액(縫掖)의 옷을 입는 자들은 한갓 먼지와 때에 덮인 것을 떨어내고 씻어내지만, 도리어 이 마음의 우매함을 없애지 않으니 어리석음이여! 어리석음이여! 또한 어리석지 않겠는가.

异哉. 蒙之爲蒙. 放達之木, 爲詩酒所蒙, 淸虛之徒, 爲佛老所蒙, 肥遯爲江山之蒙, 功名爲利祿之蒙, 商賈爲市井之蒙, 豪俠爲聲色之蒙, 蒙雖異蒙, 同其所蒙. 冠蒙其塵, 必拂其蒙, 衣蒙其垢, 必洗其蒙. 一心之蒙, 爲物之蒙, 聾羲易之養蒙, 盲橫渠之正蒙. 本體之明卽日月之明, 而雲霧蒙焉. 活潑之源, 卽淵泉之源, 而泥滓蒙焉, 此孔孟所以啓其群蒙, 萬古彝倫, 賴而不蒙.
人皆發蒙, 孰云顓蒙. 嗟嗟乎, 冠章甫之冠, 衣縫掖之
衣者, 徒拂洗其塵垢之蒙, 反不祛此心之昏蒙, 蒙哉
蒙哉, 不亦蒙乎.

– 심의(沈義, 1475~?), 「蒙箴 函丈諸生, 無一人有志於道學, 作箴戒之」

평설

어리석은 사람은 무언가에 푹 빠지기 쉬운데, 사람의
기질에 따라 빠지는 것이 다르다. 자유분방한 사람은
시주(詩酒)에 푹 빠지고, 마음이 맑고 깨끗한 사람은 석가
나 노자에 푹 빠진다. 은둔은 강산에 푹 빠지는 것이고,
공명은 이익과 관록에 푹 빠지는 것이다. 이재(理財)에 밝
은 장사치는 저자[市政]에 푹 빠지고, 의협심(義俠心) 강한
호협들은 음악과 여색에 푹 빠진다. 이것들은 모두 다
른 것 같지만 무언가에 푹 빠져서 어리석게 된다는 데
에는 다를 바 없다.

원래 해와 달처럼 본체에 밝고 못과 샘의 근원처럼 힘
찬 근원이지만, 구름과 안개에 가리거나 진흙과 찌꺼기
가 끼게 된다. 그러니 공자와 맹자를 배워서 어리석음

을 벗어날 수 있다. 몸에 묻은 티끌이 더러운가. 마음에 묻은 티끌이 더러운가. 제목 옆에 선생이나 학생이나 한 사람도 도학에 뜻을 둔 사람이 없어서, 잠을 지어서 경계한다고 썼다. 선생인 자신을 자책하고 학생들을 각성시키려는 의미를 담고 있다.

어석

* 비둔(肥遯): 여유 있는 은둔이란 뜻이다. 『주역』 둔괘(遯卦) 상구(上九)의 효사(爻辭)에 "여유 있는 은둔이니 이롭지 않음이 없다(肥遯无不利)"라고 하였다.

* 양몽(養蒙): 『주역』에 나오는 몽양(蒙養)을 가리키는 것 같다. 겉으로는 어리석은 체하면서 속으로는 정도를 기름을 말한다. 『주역(周易)』 「몽괘(蒙卦)」에 나온다.

* 정몽(正蒙): 중국 송(宋)나라 때의 유학자 장재(張載, 1020~1077)의 저서.

똑똑한 어리석음

세상에서는 고지식한 사람을 어리석다고 한다. 사람들은 모두 어리석음을 싫어할 줄만 알지 대저 어리석음이 귀한 것인 줄은 알지 못한다. 옛날 안회는 공자 문하의 고제(高弟)였다. 공자께서 그의 현명함을 칭찬하여, "어리석은 듯 하나 어리석지 않다"라고 하였으니 이 어찌 보통 사람과 큰 차이가 없겠는가. 대개 정말로 어리석은 것은 진실로 마땅히 사람이 싫어하는 것이나 어리석지 않으면서도 어리석은 듯이 보이는 것은 안자가 아니라면 할 수 없는 일이다. 자공은 총명하기는 하였지만 (지나간 것을 말해줘야) 올 것을 알았고, 자하는 독신하지만 공자를 일깨우는 데 불과했으니, 안자가 묵묵히 이해하고 마음으로 깨달아서 공자의 말씀에 기뻐하지 않음이 없는 것과 같겠는가.

아! 세상에는 진실로 자신의 장점을 자랑하여서 다른 사람의 선함을 가리며, 남의 말을 뺏어 자기 말을 꾸밈으로써 외부에 현혹시켜 자신을 파는 경우가 있다. 이러한 사람이 진짜로 어리석은 사람인가? 어리석지 않은 사람인가? 나는 그러므로 어리석음에는 싫어할 것도 있지만, 또한 귀하게 여길 것도 있다고 본다.

나의 친구 경우(景愚) 씨는 안자를 배우는 사람이다. 그의 자가 이와 같으니 그의 마음이 간직된 바를 알 수 있다. 내가 이에 「우잠」을 지어 오직 서로 권면할 뿐만 아니라, 또한 스스로 경계하는 데 쓴다.

잠에 이른다. 아! 어리석은 무리는 이리저리 재어보지만 흐리멍덩하고, 지혜로운 사람의 어리석음은 묵묵히 있더라도 그 마음은 이미 환하게 밝은 것이 있다. 어리석지 않음에도 어리석은 듯 보이는 것은 실제로 가지고 있으면서도 없는 것처럼 처신한 것이며, 모르면서도 아는 것처럼 하는 것은 사실은 자신을 속이는 것이다. 어리석음이여! 어리석음이여! 어리석을 데에는 어리석어야 하고, 어리석지 않아야 할 데에는 어리석지 않아야 한다.

世號驀者曰愚. 人皆知愚之可惡, 而不知夫愚之所可貴也. 昔顏氏子, 聖門高弟也. 夫子稱其賢, 則曰如愚, 曰不愚, 是何無大異於尋常人也. 蓋眞愚, 固宜人之所惡, 不愚而愚, 非顏子, 不能也. 賜也穎悟, 知來而已矣, 商也篤信, 起余而已矣. 豈若顏氏子默識心融, 無所不悅於夫子之言也哉. 嗟乎! 世固有矜己之長, 掩人之善, 勤其說澤其言, 以眩售於外者矣. 是眞愚耶? 不愚耶? 余故曰, 愚有所可惡, 而亦有所可貴也. 吾友景愚氏, 學顏子者也. 其字如是, 其心之所存, 可知己. 余乃作愚箴. 非唯以相勉, 亦用自戒耳. 箴曰, 嗟顓愚之徒, 辨焉而夢夢, 哲人之愚, 默焉而其心己融. 不愚而愚, 有焉若無, 不知而知, 而實自誣. 愚乎愚乎! 愚於其可愚, 不可愚於其不可愚.

－ 박팽년(朴彭年, 1417~1456), 「愚箴 幷序」

평설

안회는 공자가 제자 중에서도 가장 아끼던 인물이었

196

다. 다른 제자들의 장점도 없지는 않았지만, 안회에게는 미치지 못하였다. 안회는 겉으로 어리석어 보이지만 결코 어리석지 않았다. 박팽년은 친구인 강희안에게 이 글을 주면서 어리석음의 긍정적인 점들을 환기했다.

요즘은 똑똑한 사람들이 너무 많아서 탈이다. 때로는 자신의 이익과 성공을 위해서라면 남에게 위해하는 행동도 서슴지 않는다. 본인은 그것이 다 세상살이에 똑똑한 처세라고 생각한다. 세상은 똑똑한 사람이 없어서 망하는 것이 아니라, 똑똑한 사람이 너무 많아서 망하게 마련이다. 똑똑한 척하면서 똑똑하지 않은 것은 헛똑똑이이고, 어리석어 보여도 어리석지 않은 것은 지혜로운 사람이다. 여기에 두 개의 길이 있다. 약아 빠진 헛똑똑이가 될 것인가, 묵묵히 있어서 어리석어 보이지만 지혜로운 사람이 될 것인가.

어석

* 어리석은 듯~않다: 『논어』「위정(爲政)」에 "공자께서 말씀하셨다. '내가 안회(顔回)와 함께 온종일 이야기하였으나 내 말을 조금도 거스르지 않아 어리석은 사람처

럼 보였다. 안회가 물러간 뒤의 사생활을 보건대 또
한 나를 깨우치기에 충분했다. 안회는 어리석지 않구
나!'[子曰: '吾與回言終日, 不違如愚, 退而省其私, 亦足以發, 回也不愚!']"라
고 했다.

* 자공은~알았고: 『논어』「학이(學而)」에 "자공은 비로소
  시를 함께 얘기할 만하도다. 지나간 것을 말하여 주니,
  앞으로 올 일까지 알고 있구나[賜也, 始可與言詩已矣, 告諸往而知
  來者]"라고 하였다.

* 자하는~불과했다: 『논어』「팔일(八佾)」에 "나를 일깨운
  사람은 상(商)이로다. 비로소 함께 시를 말할 만하구나
  [起予者商也 始可與言詩已矣]"라고 했다.

* 경우(景愚): 강희안(姜希顔, 1417~1464)의 자.

지켜야 할 네 가지

자신을 단속할 때는 마땅히 엄격해야 하고, 다른 사람을 대할 때는 마땅히 겸손해야 한다. 얻을 것이 있으면 반드시 청렴함을 생각하고, 벼슬길에서는 평정심을 잃어서는 안 된다.

律身當嚴, 待人宜謙. 得必思廉, 進無忘恬.

– 조태억(趙泰億, 1675~1728),「座隅銘」

평설

자신에게는 엄함[嚴], 남에게는 겸손[謙], 얻을 것에는 청렴[廉], 벼슬길에는 평정[恬]을 생각해야 한다. 자기 관리에 이 네 글자만 한 것도 없다. 짧지만 강력한 다짐을 담았다.

스스로 경계함

독서(讀書)와 강학(講學)은 오로지 이치를 밝히는 것으로써 직무로 삼아야지 많이 안다고 뽐내는 데 뜻을 두어서는 안 된다. 처심(處心)과 행사(行事)는 오로지 도리를 따르는 것을 위주로 삼아야지 다른 사람을 기쁘게 하는 것에 뜻을 두어서는 안 된다.

어진 사람을 존경하고 벗을 가려 사귐에는 꼭 정성과 믿음으로 하고, 사사로운 공손함과 남의 비위를 맞추는 것으로 마음을 삼지 말라. 남을 대접하고 남과 사귈 때는 반드시 관용과 용서로 하고, 해코지와 꾸짖음으로 마음을 삼지 말라.

분노를 참고 욕심을 막음은 다만 이미 일어난 뒤에 이를 누르려고 할 것이 아니라, 마땅히 평소에 학문을 논

하는 즈음에 연구하여 밝혀서 분함과 욕심이 온 곳을 알아야 할 것이다. 선함을 따르고 잘못을 고침은 다만 보고 들은 뒤에 다스릴 것이 아니라, 마땅히 평소에 마음을 보존하는 즈음에 마음속으로 반성하여 그 선악의 소재를 살펴야 할 것이다.

讀書講學, 一以明理爲務, 而不以誇多爲意. 處心行事, 一以循理爲主. 而不以悅人爲意. 尊賢取友, 必以誠信, 而毋以私恭苟容爲心. 待人接物, 必以寬恕, 而毋以犯校責備爲心. 懲忿窒慾, 不但制之於已發之後, 當講明於平日論學之際, 以知其忿欲之所自. 遷善改過, 不但治之於見聞之後, 當內省於平日操存之際, 以察其善惡之所在.[已上兩篇. 皆平日所述 故舊本散帙在上矣. 今依手註, 移錄于本記之下.]

— 정개청(鄭介淸, 1529~1590),「自警」

평설

책을 읽고 학문을 닦는 것은 이치를 밝히는 것에 힘써야지 남들한테 많이 안다고 뽐내려 들면 안 된다. 마음가짐과 일 처리는 도리를 따르는 것으로 주로 삼아야지 남들 기분만 맞춰주려 해서는 곤란하다. 어진 사람을 존경하고 친구를 가려서 사귐에는 반드시 정성과 믿음으로써 해야 하고, 알랑거려서 남의 비위나 맞추는 데 마음을 써서는 안 된다. 남을 대접하고 남과 사귈 때는 관용과 용서로써 해야지 마음에 안 든다고 해코지하거나 심하게 나무라지 말아야 한다. 분노나 욕심은 일어난 뒤에 억누르려고 하지 말고, 과연 그 분노와 욕심이 왜 발생하는지를 깨달아야 한다. 그래야지 의식적으로 분노와 욕심을 없애는 것이 아니라, 근원적으로 분노와 욕심을 생기지 않게 할 수 있다. 허물을 고쳐서 선함으로 옮기는 것은 보고 들은 뒤에 그렇게 하려 하지 말고, 평소에 선악이 있는 곳을 살펴보아야 할 것이다. 그래야지 선악의 본질을 깨달아서 참된 선행을 실천할 수 있다. 모든 문제의 근원은 남이 아니라 나 자신에게 달려 있다. 나 스스로 반성하고 자책한 뒤에야 진정으로 남들과의 관계도 회복된다. "그 누구도 아닌 내가 바로 문제였다"

닥친 일에 집중하라

이미 지난 일은 모름지기 생각하지 말고 앞으로 올 일
도 생각지 말아라. 오직 지금 닥친 일만 가지고 정신을
집중하여 굳게 지킬 것을 생각하라.

己往休須念, 方來且莫思. 惟將見在事, 主一慎操持.

−이수광(李睟光, 1563~1628), 「自警」

평설

과거의 일은 되돌릴 수 없지만 거기에 얽매여서 빠
져나오지 못하고, 미래의 일은 아직 벌어지지 않았지
만 간절히 희망한다. 우리는 과거에 허우적대고, 미래
를 열망하다가 정작 현재에 소홀히 하게 된다. 현재에

만 최선을 다하여 나를 연소시켜야 한다. 그래서 현재가 뒷날 과거가 된다 해도 후회하지 않아야 하고, 현재가 지금과 다른 미래를 만들 수 있도록 노력해야 한다.

잠시라도 게을러지지 말라

네 몸가짐 단정히 하고 네 마음을 엄숙히 하라. 모습이 보이지 않는다고 말하지 말지니, 귀신이 임하여 있도다. 이런 마음이 한결같지 않다면 사람이라도 금수와 같도다. 감히 간혹이라도 게을러질 수는 없으니, 이 잠언을 늘 눈으로 보아라.

整爾之外, 肅爾之內. 無謂幽隱, 鬼神臨在. 不一其心, 則人而禽. 敢或有懈, 常目是箴.

— 이경석(李景奭, 1595~1671), 「自警箴 庚寅」

평설

조선시대 문신 이경석이 나이 56세(1650년) 때 지은 글

205

이다. 그는 적지 않은 나이에도 자신에 대한 성성한 태도를 유지했다. 이 당시에 청(淸)이 효종의 북벌 계획을 눈치채고 추궁하자, 이경석이 영의정의 몸으로 책임을 지고 백마성(白馬城)에 위리안치되었다.

몸가짐과 마음을 단속하자고 다짐한다. 아무도 보지 않는다고 함부로 행동할 수는 없는 법이니, 귀신이 늘 곁에서 지켜보듯 조심해서 행동하지 않을 수 없다. 이런 마음을 늘 한결같이 유지하지 않는다면 금수와도 다름없는 삶이다. 순간적으로 마음을 다잡는 것이야 누군들 못하겠는가. 이 잠언을 늘 보면서 조금이라도 게을러지는 마음을 다잡아 본다.

선한 마음으로 늘 새롭게

과실을 고쳐서 선으로 옮기고, 케케묵은 것을 고쳐서
새롭게 하라. 이 말을 실천하지 않는다면 너는 너 자신
을 버린 것이다.

改過遷善. 革舊自新. 不踐斯語, 汝棄汝身.

– 김휴(金烋, 1597~1638), 「自警箴」

평설

과실은 누구나 저지를 수 있다. 그런 때 과실을 깨닫
고 선한 방향으로 다시 향해야 한다. 또, 사람은 누구나
익숙한 것을 편히 여기고 안주하고 싶어 한다. 그러니
구태(舊態)에서 벗어나 혁신(革新)하는 것도 쉽지 않다. 그

207

런 때 단호하게 옛것과 결별하고 새로운 방식을 모색해야 한다.

어제가 오늘과 다를 바 없고 내일도 오늘처럼 살아가며, 스무 살 때나 마흔 살 때나 똑같이 살아간다면 나는 그동안 잘 살고 있었던 것일까. 과실과 구태를 내던지고 선함과 새로움을 향해 나아갈 것이다. 이 말을 실천하리라 다짐하는데 만약 실천치 않는다면 자신을 버린 것과 다름없다. 선함과 새로움을 찾는 일을 절대로 포기하지 않겠다는 굳은 다짐이다.

날마다 새롭게 스스로 힘써라

나는 어릴 때에 아는 것이 없었다. 관례를 할 때가 되어서도 오히려 아이와 같은 마음이 있었다. 부모의 사랑만을 우러러 믿고서 다시 『소학』이나 『대학』 등의 책이 있는 줄도 몰랐다. 갑신년(1644년) 겨울 10월에 남원으로 가는 도중에 진백의 「숙흥야매잠(夙興夜寐箴)」을 읽고는 마음속으로 매우 좋아하여 손에서 놓지 않고 읽었다. 또 하루는 여관에서 묵고 있다가 밤에 누워 잠이 안 와서 나이를 꼽아 보았다. 무릇 손가락을 두 번 굽혔다가 다시 그 두 개를 펴야 했다. 한 해가 또 저물고 새해가 다가오니 드디어 근심하며 두려운 줄을 알아서 비로소 공부에 뜻을 두게 되었다. 남원부에 도착한 지 며칠이 되자 한 편의 명을 지어 벽에다 걸어두고 스스로 경계하노라.

사람이 세상에 태어나서 만물 중에 으뜸이 된다. 받은 성품은 모두 선하지만 현명한 사람과 어리석은 사람으로 나뉜다네. 마음은 본래 위태로우니 성실이 아니면 밝아지지 않누나. 성실한 데는 방법이 있으니 경敬한 뒤에야 능할 수 있네. 움직임은 법도로써 하고, 보고 들음은 예로써 해야 하네. 생각이 늘 여기에 있어야 하니, 앞 사람의 경계를 가슴속에 새겨 두어라. 서서는 반드시 공수하고 앉아서는 반드시 무릎을 모아라. 날마다 새롭고 새롭게 하여 스스로 힘써서 쉬지 말라. 침묵 속에서 도리를 생각할 것이니 적게 말하는 것이 가장 좋은 묘책이다. 착한 일을 보았으면 용맹하게 할 것이고, 덕을 행함에는 작은 것도 소홀히 말라. 삿된 욕심이 물러나서 없어지면 의리는 저절로 드러난다. 이는 성실과 공경을 이르는 것이니 여기에 마음을 두어라.

余自幼時, 無所知識。及冠, 猶有童心. 仰恃父母之慈, 不復知有小學大學書矣. 逮甲申冬十月, 南原道中, 得陳南塘夙興夜寐箴。心酷好之, 讀不釋卷。又一日

次旅舍, 夜臥無寐, 算及年齒. 指凡再屈而復伸其二
矣. 歲亦暮, 新年又迫, 遂惕然知懼, 始有向學之志.
至府之數日, 作一銘揭諸壁上, 以自警云.

人生天地, 首立萬物. 性賦均善, 清濁異質. 心兮本危,
非誠不明. 誠之有道, 敬而後能. 動作以度, 視聽以禮.
念茲在茲, 服前人誠. 立必拱手, 坐必斂膝. 日新又新,
自彊不息. 沈嘿思道, 少言最妙. 見善則勇, 爲德罔小.
邪欲退闘, 義理自著. 寔謂誠敬, 潛心於此.

– 민정중(閔鼎重, 1628~1692),「自警銘 幷小序○甲申」

평설

민정중은 17세의 나이로 진백(陳柏)의 「숙흥야매잠(夙興
夜寐箴)」을 읽었다. 그때 크게 느낀 바가 있어 공부에 뜻
을 두고 이 명을 지었다. 민정중뿐만 아니라 많은 사람
이 진백의 「숙흥야매잠」을 읽고서 잠(箴)과 도(圖)를 지
었다.

받은 성품이야 모두 선하다지만, 어떻게 사느냐에 따
라 현인(賢人)과 우인(愚人)으로 나뉜다. 마음은 늘 흔들리
기 마련이니, 성실함으로 단단히 해야 한다. 성실함은

또 경[敬]에 의해서 이루어질 수 있다. 움직이는 것은 법도에 따라 하고, 보고 듣는 것도 예절에 따라 해야 한다. 서 있을 때는 단정하게 공수(拱手)를 하고, 앉아 있을 때는 무릎을 모아야 하는 법이다. 날마다 늘 새롭게 할 것을 생각하여 힘써서 쉬지 말아야 한다. 또, 입을 굳게 다물어서 침묵을 지켜야 한다. 선을 보게 되면 주저 없이 용맹하게 그 일을 하고, 덕을 베풀 때는 작은 것이라고 무시해서는 곤란하다. 나쁜 욕심들이 사라지면 참된 의리는 저절로 드러나게 된다. 그렇다면 가장 중요한 것은 성실[誠]과 공경[敬]이니 늘 마음에 두지 않을 수 없다.

어석

* 「숙흥야매잠(夙興夜寐箴)」: 남당(南塘)의 진백(陳柏)이 지었다. 자(字)는 무경(茂卿)이며, 송대(宋代)의 학자(學者)이다.
* 덕을 함에는~소홀히 말라: 『서경』「이훈(伊訓)」에 "爾惟德罔小, 萬邦惟慶"이라고 했다.

여섯 가지의 후회

구평중(寇平仲)의 「육회명(六悔銘)」에 "관리가 부정을 저지르면 관직을 잃었을 때 후회하고, 부자가 아껴 쓰지 않으면 가난해졌을 때 후회하고, 젊어서 배우기를 게을리하면 공부할 시기를 놓쳤을 때 후회하고, 일을 보고서도 배우지 아니하면 필요할 때 후회하고, 취한 뒤에 함부로 말하면 술이 깼을 때 후회하고, 몸이 편안할 때 쉬지 않으면 병들었을 때 후회할 것이다"라고 하였다. 내가 우연히 이 글을 보고서 느끼는 것이 있어서 이어서 짓노라.

행동을 제때 하지 않으면 시기를 놓치고 후회하고, 이익을 보고서 의리를 잊으면 깨달았을 때 후회하며, 남 뒤에서 험담하면 얼굴을 볼 때 후회하고, 애초에 일을 못 살피면 실패할 때 후회한다. 성질이 나서 저 자신을 잊으면 어려워졌을 때 후회하고, 농사에 힘쓰지 아니하면 수확할 때 후회한다.

寇萊公六悔銘云, 官行私曲失時悔, 富不儉用貧時悔,
學不少勤過時悔, 見事不學用時悔, 醉後狂言醒時悔,
安不將息病時悔. 予偶見此文, 遂感而續成.
行不及時後時悔, 見利忘義覺時悔, 背人論短面時悔,
事不始審償時悔. 因憤忘身難時悔, 農不務勤穡時悔.

— 이익(李瀷, 1681~1763), 「六悔銘」

평설

구준의 「육회명」은 『명심보감』에도 실려 있다. 성호 이익은 이 글을 읽고서 자신만의 여섯 가지 후회를 꼽아 보았다. 뒤에 후회할 일을 미리 짐작해서 후회할 일을 만들지 말자는 다짐을 담았다. 캐서린 맨스필드(Katherine Mansfield)는 후회에 관해서 "결코 후회하지 말 것, 뒤돌아보지 말 것을 인생의 규칙으로 삼아라. 후회는 쓸데없는 기운의 낭비이다. 후회로는 아무것도 이룰 수 없다. 단지 정체만 있을 뿐이다"라고 했다.

가장 좋은 것은 후회할 일을 아예 안 만드는 것이고, 그다음은 후회한 일을 바탕으로 새롭게 후회할 일을 안 만드는 것이다. 가장 나쁜 것은 후회하고서도 후회할 일을 반복하는 것이다. 후회가 습관이 되어서는 곤란하다.

여덟 글자의 지혜

충성, 신의, 도타움, 공경, 부지런함, 삼감, 조화, 침착 등 이러한 여덟 글자를 하나하나 몸소 인식하여 따라서 실천하면 한없이 좋은 뜻이 있을 것이고, 따라서 실천하지 않으면 한없이 좋지 않은 일이 있을 것이네. 날마다 힘쓰고 힘쓰면 얻음이 있게 되리니 길이 가슴에 새겨서 잊지 말지어다.

忠信篤敬, 勤謹和緩, 兩句八字, 一一體認. 循而上之, 有無限好意, 循而下之, 有無限不好事. 日勉勉而有得, 永服膺而勿墜.

– 김간(金榦, 1646~1732), 「座右銘」

앞에 나온 넉 자는 충성, 신의, 도타움, 공경[忠信篤敬]으로 『논어(論語)』「위령공(衛靈公)」에 "말이 성실하고 믿음직스러우며 행동이 독실하고 공경스러우면 남만(南蠻)과 북적(北狄) 같은 나라에 가더라도 행할 수 있을 것이다[言忠信, 行篤敬, 雖蠻貊之邦, 行矣.]"라고 나온다. 뒤에 나온 넉 자는 부지런함, 삼감, 조화, 침착함[勤謹和緩]으로 『소학(小學)』「선행(善行)」에 "장관(張觀)이 말하기를 '나는 벼슬길에 나온 뒤로 네 글자를 마음에 간직하고 있으니, 부지런할 근(勤), 삼갈 근(謹), 화할 화(和), 느릴 완(緩)이다'[張曰, 某自守官以來常持四字, 勤謹和緩.]"라고 했다.

말은 성실하고 믿음직스럽게 하고, 행동은 독실하고 공경스럽게 해야 하며, 주요한 관직을 맡을 적에는 직무에 충실해야 하고, 행동거지를 찬찬히 해야 하며, 동료들과는 잘 지내야 하고, 일은 침착하게 처리해야 한다. 이러한 여덟 가지 덕목에 입각해서 일을 잘 처리하면 자신에게 좋은 일이 따르겠지만, 여기서 어긋나면 분명히 좋지 않은 일이 생길 수도 있다. 그러니 이 말들을 어찌 잊을 수가 있겠는가. 가슴속 깊이 새기고 새겨야 한다.

절대로 게으르면 안 된다

네가 게을러 안 일어나네. 아침 해 이와 같아도. 네가 어두운 밤에 게으르면 귀신이 와 사람을 엿보고, 네가 글씨 쓰기 게으르면 네 글씨는 서리만도 못하며, 네가 글 짓는 데 게으르면 너는 마침내 명성 얻지 못하리라. 하물며 게으른 행동이 있으면 곧 목숨이 끊어지리니 구차히 "느긋하다" 말하면, 게으름 와도 알지 못하리. 한가함을 탐하고 조용함을 즐거워하면 이는 게으름과 약속한 것이네. 오직 근면과 민첩함으로 그 뿌리를 파내야 하니 네가 이미 알았다면 어찌 분발하지 않는가.

汝惰不起. 朝日如此. 汝惰於昏, 鬼來闚人, 汝惰作書, 汝不如骨, 汝惰爲文, 汝終無聞. 矧有惰行, 則隕而命.

苟曰委蛇, 惰來不知, 耽閒樂靜, 乃與惰期. 惟勤惟敏, 以鋤其本, 汝旣知之, 胡不發憤.

- 김정희(金正喜, 1786~1856), 「箴惰」

평설

　프랑스 속담에 "부지런한 사람의 일주일은 7일이고 게으른 사람의 일주일은 일곱 개의 내일이다"라는 말이 있다. 부지런한 사람은 일주일이 하루하루 유의미하기에 7일이 되지만, 게으른 사람은 오늘 할 일을 내일로 미루므로 일곱 개의 내일만 존재한다는 말이다.

　매사에 게으르면 안 된다. 글씨 쓰는 것이나 글 짓는 것이나, 게으르면 아무짝에도 쓸모없게 된다. 행동이 게으르다면 다른 것은 볼 것도 없다. 게으른 것을 느긋하다 착각하고, 한가함과 조용함에 마음 쏟으면 이미 게을러진 것과 다름없는 셈이다. 오로지 마음 쓸 것은 근면과 민첩함으로 게으름의 뿌리를 완전히 없애는 일이다. 추사는 게으르면 목숨이 끊어질 것이라 으름장을 놓는다. 자신을 몰아치는 준열한 자기 관리가 느껴진다.

남의 잘못과 나쁜 점을 따지지 말라

남의 잘못을 따지기를 좋아하면 은밀한 화가 반드시 주어지리라. 남의 나쁜 점을 드러내기를 좋아하면 뚜렷한 재앙이 반드시 이르리라.

好論人非, 陰禍必貽. 喜揚人惡, 顯殃必至

– 김천일(金千鎰, 1537~1593), 「座右銘」

평설

프란치스코 교황은 "타인에 대한 험담은 코로나바이러스보다 더 나쁜 전염병입니다"라고 했으며, 미드라쉬는 "험담은 세 사람을 죽인다. 험담하는 사람과 험담의 대상자, 그리고 험담을 듣고 있는 사람이다"라고 했다.

남의 잘못을 떠벌리기 좋아하면 자신도 모를 화가 반드시 닥치게 되고, 남의 나쁜 점을 들춰내기 좋아하면 뚜렷한 재앙이 꼭 이르게 된다. 그러니 남의 잘못이나 나쁜 점을 떠벌리거나 드러내서 상대방을 곤경에 처하게 하지 말라. 남을 해쳐야만 자신이 살아남는다는 생각을 버리자. 남을 해하려는 칼날은 잠시 상대를 제압할 수 있을지 몰라도, 결국 더 예리한 칼날이 되어 자신에게 돌아온다는 사실을 잊지 말자.

보고 듣는 법

다른 사람을 보기보다는 차라리 나 자신을 보고, 다른 사람의 말을 듣기보다는 자신의 말을 듣는 것이 낫다.

與其視人寧自視, 與其聽人寧自聽

– 위백규(魏伯珪, 1727~1798), 「座右銘」

평설

이 글은 위백규가 10세(1736년) 때 쓴 것인데, 연보에는 12세(1738년)에 썼다고 나온다. 어쨌든 10여 세에 이런 글을 썼다니 남다른 조숙함이 느껴진다. 다른 사람의 행동을 보았고 다른 사람의 말들을 들었다. 온통 관심은 남의 말과 행동뿐이다. 남들의 모습은 너무나 크게 잘 보였고, 남들의 말은 너무나 많이 들린다. 그동안 이러쿵 저러쿵 남들을 재단하고 평가하다 보니, 정작 나 자신에 대해서는 소홀했었다. 남의 눈에 티끌만 보고 내 눈 속에 있는 대들보는 보지 못했다. "나는 나의 모습과 목소리만을 보고 듣겠다."

마음을 바꾸지 않으리

옛날에 오은지(吳隱之)가 광주(廣州)의 자사로 갔다. 그 고을에 탐천이 있었는데 물을 떠서 마시고는 시를 지었다. "옛사람 이 샘물에 대해 말하기를 한번 마시면 천금이 생각나게 한다 하네. 시험 삼아 백이와 숙제에게 이 샘물을 마시게 한다 하더라도 끝내 마음을 바꾸지 않으리라." 대저 광주의 샘물은 마신 사람으로 하여금 탐욕스럽게 하는데, 하물며 단천(端川)의 경우 못에는 구슬이 나고 산에는 옥이 나며, 앞에는 말 목장이 있고, 뒤에는 은광이 있으니 이곳의 원님이 청렴하지 못할 것은 불 보듯 뻔하다.

내가 드디어 오은지의 시에서 '불역심(不易心)' 세 글자를 뽑아서 동헌(東軒)의 편액으로 삼고 명(銘)을 지어서 스스로 힘쓰려 한다. 명에 이른다. "감정을 숨기지 말고 명예를 구하지도 말라. 힘쓰면 곧 정밀해지고, 한결같으면 정성스러워진다. 물질에 얽매이지 말고 마음을 깨끗이 하라.

昔吳隱之之刺廣州也. 州有貪泉, 乃酌而飮之, 而賦詩曰, "古人云此水, 一歃懷千金. 試使夷齊飮, 終當不易心." 夫廣州之泉, 能使人飮而貪. 況端之爲郡, 淵有珠而山有玉, 馬場在前, 銀礦在後, 倅于玆者, 其不能廉也宜矣. 余遂拈出隱之詩不易心三字, 扁諸衙軒, 銘以自礪云. 銘曰: "毋矯情, 毋要名. 礪乃精, 一乃誠. 不爲物攖, 心以淸."

– 이안눌(李安訥, 1571~1637), 「不易心堂銘」

중국 광동성(廣東省)의 탐천(貪泉)은 그 물을 마시면 모두 탐욕스러워진다는 전설이 내려온다. 진(晉)나라의 오은지(吳隱之)는 이 샘의 물을 마시고도 마음이 변하지 않아 그 이름을 떨쳤다고 한다.

이안눌은 32세 때인 1602년에 이 글을 지었다. 이해

12월에 예조 정랑이 되었다가 단천 군수(端川郡守)로 나갔다. 탐천은 샘물의 물만 마시더라도 천금이 생각나게 한다는데, 단천은 은광(銀鑛)으로 유명한 지방이니 그와 비할 바가 아니었다. 단천의 은광은 이익의 『성호사설』에 자세히 나올 정도로 유명했다. 게다가 이곳은 어느 곳보다 물산(物産)이 풍부하니, 그만큼 지방관이 이권을 누릴 확률이 높았을 것이다. 그는 처음 부임하여 오은지의 시구절인 '불역심(不易心, 마음을 바꾸지 않으리라)'을 따와 편액을 삼아서, 물질에 혹해서 자신을 그르치지 않겠다는 다짐을 담았다. 재물이나 청탁에 마음이 흔들리는 관리들이 새겨 담을 말이다.

선한 사람과 사귐을 가져라

군자는 자기 몸 단속할 때는 처녀처럼 해야 할 것이니, 나쁜 사람과 이야기 나눌 적엔 자신을 더럽힐 듯 여겨야 하네. 하물며 벗을 가려 사귐에는 오직 선한 사람과 함께해야 하리. 꼼꼼하게 또 신중하게 이따금 취하기도 하고 이따금 버려야 하리. 사람 중에 친구 될 만한 이 아닌데도 사귀기를 친구처럼 하면서, 목소리와 낯빛을 아양 떨며 기쁘게 말하고 웃어대네. (그러면) 거친 마음 뜬 기운이 일어나서는 이런 것이 늘어나고 보태지리니, 차가운 날은 많고 따스한 날 적어져서 지켜야 할 것이 매우 위태로워지리. 생선가게에 있을 때나, 숲과 진흙뻘에 있을 때라도 검어지지도 않고 얇아지지도 않는 것은 나와 같은 사람의 일이 아니네. 마치 모래에 진흙이 묻은 것처럼, 마치 옷에 기름때가 묻은 것처럼, 일체를 방심하면 다 함께 웅덩이 아래로 가게 되어서 미처 알지도 못하는 사이에 함께 변하게 될 것이니 어찌 삼가지 않으리오. 오늘부터라도 삼가 말을 나누더라도 속에 있는 말 하지 말고 가까이하더라도 너무 친밀히 하지 말 것이네. 마치 나쁜 냄새가 나서 피하는 것처럼, 만만찮은 적을 막는 것처럼 말과 행동을 단속하여 사용하면 거의 잘못되는 것을 면하리라.

君子律身, 如處女然. 與惡人言, 當若浼焉. 矧於擇交,
惟善是與. 宜詳宜愼, 或取或拒. 人之無友, 執之如友,
以色以聲, 言笑怡怡. 麤心浮氣, 是長是滋, 寒多曝少,
存者甚危. 鮑魚之肆, 塗炭之地, 不緇不磷, 非吾人事.
如沙染泥, 如衣受膩, 一切放倒, 共就汚下. 不知不覺,
與之俱化. 盍愼厥與. 戒自今日, 言而不語, 近而勿接.
若逢惡臭, 似防勁敵, 用檢言動, 庶免墮落.

　　　　－ 이식(李植,1584~1647),「接物箴 乙巳二月十二日, 有爲而作」

이 글은 1605년에 지어진 것으로 당시 이식의 나이 22세였다. 어떤 사람을 만나고 어떤 이와 교제하는 지를 살펴보면 그 사람이 어떤 사람인지 알 수 있다. 그 사람의 친구들은 그 사람의 살아온 삶을 말해준다. 끼리끼리, 유유상종이 달리 나온 말이 아니다. 그러니 사람을 가려서 만나지 않을 수 없다. 좋은 품성의 친구를 만나야 좋은 영향을 받을 수 있다. 애초부터 사귐에 신중해야 하니, 괜스레 사귈 사람도 아닌데 불쑥 교제를 맺고서, 다른 사람의 비위나 맞추려 해서는 안 된다. 뛰어난 사람이야 좋지 않은 사람을 만나도 영향을 받지 않을 만큼 심지가 굳다. 하지만 보통 사람들은 그 나쁜 영향에서 자유로울 수 없으니, 알게 모르게 좋지 않은 사람의 나쁜 영향을 받게 된다. 그렇다고 품성이 나쁜 사람들과 모든 교제를 끊을 수야 없는 법이다. 싫은 사람과 누가 더 잘 지내느냐가 성공의 관건이 되기도 한다. 좋은 사람이나 죽이 잘 맞는 사람과 잘 지내지 못할 사람은 없다. 그러니 품성이 나쁜 사람과 말을 나누기는 하지만 속내를 보여서는 안 되며, 행동이나 말 하나

하나 조심성을 잃지 않아야 한다.

어석

* 차가운 날은~적어져서 : 『맹자(孟子)』「고자상(告子上)」에 "비록 천하에 쉽게 자라는 식물이 있다 하더라도, 하루 동안 햇볕을 쬐게 하고 열흘 동안 춥게 한다면 자랄 수 있는 것이 없다[雖有天下易生之物也, 一日暴之, 十日寒之, 未有能生者也.]"라고 했다.

* 검어지지도~않았으니 : 『논어(論語)』「양화(陽貨)」에 "굳다 하지 않겠느냐, 갈아도 얇아지지 않는다면! 희다 하지 않겠느냐, 검은 물을 들여도 검어지지 않는다면! [不曰堅乎, 磨而不磷, 不曰白乎, 涅而不緇]"이라고 하였다.

230

온종일 조심하고 두려워하라

달은 차면 기울고 그릇은 차면 엎어진다. 승천한 용은 후회가 있다고 하였으니 만족함을 알면 욕되지 않는다. 권세를 믿어도 아니 되고, 욕망을 지극히 누려도 아니 된다. 밤낮으로 경계하고 두려워하여 깊은 못에 임한 듯, 얇은 얼음을 밟는 듯이 하리.

月盈則缺, 器滿則覆. 亢龍有悔, 知足不辱. 勢不可恃,
欲不可極. 夙夜戒懼, 臨深履薄.

– 김상용(金尙容, 1561~1737),「座右銘」

평설

어쩌면 욕망과 만족은 어울리지 않는 단어일지도 모

른다. 어디까지 욕망을 부려야 하고 어디쯤 올라섰을 때 만족해야 하는가. 이 지점에 대한 선택은 온전히 자기 몫이다. 욕망은 마치 가속 페달만 있고 제동장치는 없는 폭주 기관차와 같다. 길은 언젠가는 끝이 있기 마련이니 계속 달리다 보면 막다른 길에 부딪히거나, 낭떠러지에서 떨어질 수밖에 없다. 그러니 두렵지 않을 수 있겠는가. 빨리 달리더라도 항상 한 발은 브레이크 페달 위에 살며시 놓아두는 것이 좋다. 무언가 갑자기 차에 뛰어들 듯, 여기쯤에서 길이 끊어질 듯 준비를 해두어야 한다.

어석

승천한 용은~하였으니[亢龍有悔]: 『주역(周易)』 건괘(乾卦)의 육효(六爻)의 뜻을 설명한 「효사(爻辭)」에 나온다. 하늘 끝까지 올라간 용이 내려갈 길밖에 없음을 후회한다는 뜻으로, 부귀영달이 극도에 달한 사람은 쇠퇴할 염려가 있으므로 행동을 삼가야 함을 비유하여 이르는 말이다.

마음을 다 잡고 시간을 아껴라

너의 나이 비록 많다지만 너의 덕은 아름답지 못하
네. 네 육신은 비록 갖추었다지만 네 모습은 보잘것없
네. 까닭을 곰곰이 생각해보니 마음을 다잡지 못해서이
네. 마음을 다잡으려면 어째야 하나. 성인의 지극한 가
르침 있으니 박문약례라는 한마디 말일세. 의미는 깊고
도 긴요하구나. 닭 우는 새벽부터 힘써 시간을 아껴서
독실해야 하리라. 게으름도 없고 소홀함도 없게 하여
예가 아닌 것을 행하지 말면, 아침에 이치를 깨달아 저
녁에 죽을지라도 나의 일은 이미 다 마친 것이네.

爾年雖高, 爾德不邵. 爾形雖具, 爾貌不肖. 静思厥由,
由心未操. 操之何以. 聖有至敎, 博約一語. 旨而且要.

惕鷄孜孜, 惜陰燡燡. 無怠無荒, 非禮勿蹈. 朝聞夕死,
吾事已了.

– 성여신(成汝信, 1546~1632), 「晩寤箴 丁未」

평설

이 글은 1607년 성여신이 62세 때 쓴 것으로, 노년에
느낀 감정을 적은 것이다. 나이는 많지만 덕은 볼 만한
것이 없고, 육신은 다 멀쩡하지만 보잘것없는 사람이
다. 어쩌다 이렇게 되었나? 마음을 다잡지 못했기 때문
이다. 마음을 다잡으려면 "지식은 넓게 가지고 행동은
예의에 맞게 하라[博文約禮]"라는 공자님의 말씀을 명심해
야 한다. 또, 무엇보다 중요한 것은 시간 관리이다. 아
무렇게나 되는대로 시간을 소진할 수는 없다. 게을러빠
진 것도 문제지만 소홀한 것도 문제니, 내 모든 행동을
예법대로 해야 한다. 이렇게 살아서 어느 순간 도만 깨
우칠 수 있다면 곧바로 죽는다 해도 여한이 없다. 아무
런 깨달음도 없이 살아 있는 시간만 연장한다면 그 삶
은 살았어도 죽은 삶이 아니겠는가.

* 게으름도~없이[無怠無荒]: 『서경』에 나온다.

* 아침에~죽을지라도[朝聞夕死]: 아침에 참된 이치를 들어

  깨달으면 저녁에 죽어도 한이 될 것이 없다는 말이다.

  『논어』「이인(里仁)」에 나온다.

짧은 글 묵직한 다짐

 빈둥빈둥 놀지 말고 뜻을 독실하게 할 것이며, 농지
거리 말하지 말고 기운을 잡아라. 맹자의 지극히 강한
것은 그 도의와 합하고, 증자의 큰 용기는 깊은 못에 임
한 듯 얇은 얼음을 밟는 듯이 하는 데에 나타나 있다.

毋惰游以篤志, 毋戲謔以持氣. 孟氏至剛, 配夫道義,
曾子大勇, 見於臨履.

– 최석정(崔錫鼎, 1646~1715), 「座右銘」

평설

 빈둥빈둥 놀며 농담이나 하는 것은 뜻과 기를 해치지
마련이다. 이 두 가지 일은 자신의 발전에 하등 도움이

되지 않을 뿐 아니라, 남들의 눈에도 좋게 보일 리 없다. 그러니 이런 일을 하지 말아야 독지(篤志)와 지기(持氣)가 가능해진다.

맹자의 지강(至剛, 지극히 강한 것)은 여기서 호연지기를 가리킨다. 호연지기의 기됨은 도의(道義)와 합한다. 이 말은 『맹자』「공손추 상」에 나온다. 증자의 큰 용맹은 깊은 못에 임한 듯 얇은 얼음을 밟는 듯이 하는 데에 있다. 이 말은 『대학대전(大學大全)』에 나온다. 정리하면 이러한 뜻이다. "빈둥빈둥 놀지 않고 농지거리도 하지 않을 것이며, 호연지기를 간직하고, 조심조심 살아갈 것이다." 짧은 글이지만 묵직한 다짐을 담았다.

이석

* 농지거리~말고: 『근사록』에는 "농지거리는 일을 해칠 뿐만 아니라 의지 또한 기운에 흘러가게 되니, 농지거리하지 않는 것도 기운을 잡아 지키는 한 가지 방법이다[戲謔, 不惟害事. 志亦爲氣所流, 不戲謔, 亦是持氣之一端]"라고 나온다.

아홉 개의 생각과 태도

배우는 사람은 반드시 정성을 다해서 마음이 정도(正道)를 향해야 한다. 세상에서 멋대로 놀아서 그 뜻을 흩뜨리지 말라. 배움에는 밑바탕이 있어야 하니 마음과 몸을 바르게 갖는 것이네. 사람이 충성과 신실함이 없다면 일들이 모두 다 실상이 없는 것이다. 나쁜 짓은 하기쉽고, 선한 일은 하기 어려우니 반드시 충성과 신실함을 잠시라도 버리지 말라. 부모님이 주신 몸이 바로 나의 몸이니 구용(九容)과 구사(九思)가 몸을 닦는 도리이네.

발 모양은 무겁게, 손 모양은 공손하게, 눈 모양은 단정하게, 입 모양은 고요하게, 말소리는 나직하게, 머리모양은 곧바르게, 기의 모습은 엄숙하게, 서 있는 모습은 덕스럽게, 얼굴 모습은 씩씩하게, 이것이 아홉 가지 모습이네.

보는 것은 분명하게 볼 것을 생각하고, 듣는 것은 총명하게 들음을 생각하며, 낯빛은 온화하기를 생각하고, 얼굴 모습은 공손하기를 생각하며, 말은 충성스럽기를 생각하고, 일에는 공경하기를 생각하며, 의심나면 물을 것을 생각하고, 분하면 어려운 것을 생각하며, 이득을 보면 의리에 맞는지 생각해야 하니 이것이 아홉 가지 생각이다.

아홉 가지 모습[九容]과 아홉 가지 생각[九思]에 뜻을 세워 간직하라. 아! 나의 후손들아, 몸가짐 단속하고 뜻을 세워라. 나 같은 늙은이의 말이 아니라, 오직 성인(聖人)의 가르침이네. 마음에 새기고 뜻에 새겨서 때때로 본보기로 삼아라.

學者必誠, 心向正道. 莫遊世俗, 雜散其志. 學有基址, 正心正身. 人不忠信, 事皆無實. 爲惡則易, 爲善則難, 必以忠信, 勿棄須臾. 父母遺體, 是我一身, 九容九思, 修身之道. 足容重兮手容恭, 目容端兮口容止, 聲容靜兮頭容直, 氣容肅兮立容德, 色容莊兮是曰九容. 視思

明兮聽思聰, 色思溫兮貌思恭, 言思忠兮事思敬, 疑思
問兮忿思難, 見得思義是曰九思. 九容九思, 存於立志.
嗟我後生, 檢身立志. 匪我言耄, 惟聖之謨. 銘心刻意,
時時鑑戒.

– 박익(朴翊, 1332~1398),「持身箴」

평설

 제목에 나오는 지신(持身)은 수신(修身)과 같은 뜻이다.
이 글은 수신에 관한 이야기를 담고 있다. 배우는 사람
은 바른 마음[正心]과 바른 몸가짐[正身]을 바탕으로 정도
(正道)를 지향해야 한다. 여기에 필요한 덕목으로 충신(忠
信)을 들었다. 충(忠)이란 자기 마음을 다하는 것이고[盡己
之謂忠], 신(信)이란 성실히 하는 것[以實之謂信]을 이른다. 그
러니까 충신은 거짓 없는 마음가짐과 태도를 의미한다.
그러면서 몸을 닦는 도리로써 구용과 구사를 들었다.
구용(九容)은 군자(君子)가 그 몸가짐을 단정히 함에 있어
취해야 할 9가지 자세이고, 구사(九思)는 군자(君子)의 몸
가짐에 대한 9가지 태도이다. 구용과 구사는 지금에도
여전히 유효한 내용을 담고 있다. 이대로만 따라 한다

면 어디 하나 흠 잡힐 것이 없는 반듯한 사람이 될 만하
다. 모든 공부의 기본은 제대로 된 인간이 되는 데에 있
다. 공부의 본말이 전도되어 실력만 앞세우다 보면 인
성은 뒷전으로 밀려나기 마련이다. 대학을 나와도 인사
나 말본새 하나 갖추지 못하고, 다리나 손동작 하나 제
대로 하지 못한다면 그것은 공부를 한 것인가? 안 한 것
인가?

스스로 경계하다

분노를 징계하고 사치를 경계하라. 생각을 조용히 하고 말을 적절한 때에 하라. 잘못된 욕심을 누르고 출입을 간소하게 하라.

懲忿懥, 戒奢靡. 靜思慮, 時言語. 防邪欲, 簡出入.

– 조임도(趙任道, 1585~1664), 「自警」

평설

분노는 눌러야 하고 사치는 피해야 한다. 찬찬히 생각하고 적절히 말해야 한다. 또 욕심을 눌러야 하고 바깥출입은 되도록 줄여라. 여기서 출입은 실제로 외출을 의미할 수도 있고, 마음의 출입으로도 볼 수 있겠다. 매사에 주의하지 않을 수 없고, 매번 반성하지 않을 수 없다. 어제보다 더 좋은 내가 되고자 끊임없이 노력하지 않으면 안 된다.

산처럼 우뚝하게 못처럼 깊숙하게

말은 미덥게 하고 행동은 삼가서, 삿됨을 막고 정성
을 보존하라. 산처럼 우뚝이 서 있고 못처럼 깊숙하면,
봄기운처럼 빛나고 빛나리라.

庸信庸謹, 閑邪存誠. 岳立淵冲, 燁燁春榮.

— 조식(曺植, 1501~1572), 「座右銘」

평설

퇴계 이황이 형이상학적 학문을 지향했다면 남명 조
식은 일상생활에서의 실천을 강조했다. 남명은 칼과 방
울을 차고 다니며 항상 자신을 성찰하였다. 이 글은 산
해정(山海亭) 계명실(繼明室) 벽에 써 붙인 좌우명(座右銘)이

다. 과연 남명다운 글이라 할 수 있다. 자기 성찰에 있어서는 조금의 빈틈도 없지만, 커다란 포부는 누구보다 컸다. 우뚝하고 깊숙하여 도저(到底)하게 되면 봄기운처럼 빛나게 된다. 니체의 "무서운 깊이 없이는 아름다운 표면은 존재하지 않는다"라는 말이 떠오른다. 과연 얼마나 공부해야 이런 경지에 도달하게 될 것인가?

조심해야 할 다섯 가지

오직 옛날에 한유는 나이 48세가 되었을 때 오잠(五箴)의 말을 지어서 그것을 가지고 애오라지 스스로 힘썼네. 한유의 재능과 그릇은 높고 높아서 무리 중에서 빼어났도다. 사람됨이 이미 완성됐다 이르렀고 일에 있어서도 또한 스스로 근면하였네. 그런데도 여전히 또 헛되이 늙는 것을 탄식하여 격려하는 뜻을 글에 드러냈네. 하물며 나는 노둔한 자질로 갈팡질팡 길을 헤매니 다시 어떠하겠는가. 보잘것없는 나이가 우연히 똑같으니 이것을 볼 적에 더욱 스스로 부끄럽구나. 머리는 빠지고 치아는 다시 없어졌으니 나의 노쇠함이 이미 이와 같도다. 문장을 전공함에도 글자도 분간치 못했고, 처신에도 옳은 것이 전혀 없었네. 헛되이 50년을 저버려

246

서는 일마다 다른 사람보다 못하였도다. 지난 일을 미루어서 앞으로의 일을 따져보면 끝내 어떤 사람이 될 것인가. 이 오잠(五箴)의 규율을 가지고서 그것을 써서 자리 옆에 두고서 들고 나며 항상 스스로 성찰하여 아침저녁으로 생각이 여기에 있게 하노라. 말과 행동은 틀림없이 스스로 삼가고, 즐겁게 노니는 것은 틀림없이 자제해야 하네. 좋아하고 싫어함은 틀림없이 치우치게 하지 말고 허명은 틀림없이 스스로 피해야 하네. 공부하는 방법을 알고자 한다면 다만 하나의 공경 경이란 글자가 있을 뿐이네. 한유는 참으로 나의 스승이니 아침저녁으로 만나는 것 같네. 말에 만약 실천하지 못하는 것이 있으면 신명을 또한 두려워해야 할 것이네.

惟昔韓昌黎, 行年四十八, 乃作五箴言, 持之聊自勖.
韓子才與器, 犖犖超諸群. 爲人已云成, 於業亦自勤.
猶且歎虛老, 激勵形諸書. 況我駑下姿, 伥伥更何如.
犬馬年偶齊, 覽此益自恥. 頭童齒更豁, 吾衰已如此.
攻文昧魚魯, 行己無一可. 虛負五十年, 事事居人下.
推往以計來, 畢竟爲何物. 將此五箴規, 書之置座側,出入常自省, 朝夕念在玆. 言行須自飭, 嬉遊須自持.
好惡須勿偏, 浮名須自避. 欲知用工方, 只有一敬字.
昌黎眞我師, 似是朝暮遇. 有語苟不踐, 神明亦可懼.

– 강백년(姜栢年, 1603~1681),「覽韓退之五箴有感」

평설

강백년이 48세가 되어서 한유(韓愈)가 같은 나이에 지
은 오잠(五箴)을 읽고 느끼는 바가 있어서 지은 글이다.
오잠(五箴)은 언잠(言箴), 행잠(行箴), 유잠(游箴), 호오잠(好惡箴),
지명잠(知名箴) 등으로 구성되어 있다.

그는 지난날에 대한 회오(悔悟)와 앞으로 남은 삶에 대
해 새로운 다짐을 하였다. 말과 행동은 삼가 함부로 하지
않아야 한다. 즐겁게 놀아도 자제하며 놀아야지, 마구잡
이로 놀아서는 안 된다. 호오(好惡)가 너무 극단적이어서는
안 된다. 남들의 기림에 의해 명성이 높아진 것을 피해야
하니, 거기에 도취하여 우쭐해서는 안 된다. 공부하는 비
결이란 사실 경(敬)이란 한 글자로 귀결될 수 있다. 매사에
공경스럽게 처신하면 욕되는 일이 자연스레 멀어질 것이
다. 초로(初老)의 다짐이 무겁고도 경건하다.

* 어로(魚魯): 문자의 틀림. 무식해서 어(魚)자와 노(魯)자를
  분간하지 못한다는 뜻이다.

기쁨과 노여움을 드러내지 말라

함부로 기뻐하면 수치가 따르게 되고 함부로 노하면 꾸짖음이 따르게 된다. 기뻐하고 노하는 것은 수치와 꾸짖음의 매개체이니 삼가고 경계하여 반드시 공경하는 태도로 행해야 한다.

妄喜, 恥隨之, 妄怒, 詬隨之. 喜怒者, 恥詬之媒, 愼戒必敬.

– 허목,「喜怒之戒二十言」

평설

이 글은 허목의 나이 77세(1671년)에 지어진 것이다. 살면서 이따금 기쁨과 노여움을 표현할 수도 있다. 하지만 함부로 기쁨과 노여움의 감정을 드러내는 일은 조심해야 한다. 감정을 여과 없이 드러내는 것이 남들로부터 솔직함으로 평가될 수도 있다. 하지만 대개 남들은 그런 행동을 인격의 미성숙함으로 읽는다. 감정 조절에 실패하면 당연히 수치스러움과 꾸짖음이 뒤따르기 마련이다. 요즘 어렵지 않게 볼 수 있는 분노조절장애를 겪는 사람들을 떠올리면 이해하기 쉽다. 따지고 보면 살면서 너무 지나치게 기뻐할 것도 노여워할 것도 없다. 기쁨과 노여움은 한때 스쳐 지나가는 바람과 같다. 감정의 절제는 남에 대한 배려이면서 자신에 대한 수양임을 잊지 말아야 한다.

짧지만 긴 글

남을 원망할 것이 아니라 자기에게 나쁜 점이 없도록 하라. 품은 뜻과 행동은 항상 나보다 나은 사람을 목표로 삼고, 분수와 복은 항상 나보다 못한 사람과 비교하라.

無怨於人, 無惡於己. 志行上方, 分福下比.

– 이원익(李元翼, 1547~1634), 「座右銘」

평설

남에 대해서 이러쿵저러쿵할 시간이 있으면 자신에게 혹시 나쁜 점이 없나 점검해 보아야 한다. 남에 대해서는 좋은 점에, 자신에 대해서는 나쁜 점에 집중하는 것이 옳다. 의지와 행동은 자신보다 나은 사람들을 목표로 하여 같아지려고 노력하고, 분수는 나보다 못한 사람과 비교해서 행복감을 느끼도록 해야 한다. 이익은『성호사설』에서 앞의 "無怨於人, 無惡於己" 8자를 들면서 장괴애(張乖崖)의 "공적은 높여 잡고 관직은 낮춰 잡아라"라는 말보다 의미심장하다고 했다. 전체가 불과 12자에 불과하지만, 이원익의 훌륭한 인품을 잘 보여준다.

죽을 때까지 힘쓰라

분노는 경계하고 욕심은 막으며, 허물을 고쳐서 선한
데 옮겨가라. 분노를 이미 경계했다면 그런 감정 불러
일으키지 말고, 욕심을 이미 막았다면 물욕에 연연하
지 말라. 허물을 이미 고쳤다면 같은 실수는 저지르지
말고, 선한 데에 이미 마음 옮겼다면 그 마음 변하지 말
라. 충분히 스스로 몸을 닦아서 죽을 때까지 부지런히
힘쓰라.

懲忿窒慾, 改過遷善. 旣懲毋動, 旣窒勿戀. 旣改不再,
旣遷莫變. 足以自修, 沒齒勗勉

– 이덕무(李德懋, 1741~1793), 「自修箴」

여기서 네 가지를 말했다. 분노와 욕심은 조심해야 할 것이고, 허물은 고쳐야 할 것이며, 선심(善心)은 지켜야 할 것이다. 한번 조심하고 고치고 지키는 것은 누구나 할 수 있지만, 그것을 끝내 변하지 않게 유지하는 것은 누구에게나 쉽지 않은 일이다. 죽는 순간까지 이 일들을 조심하며 살아가리라 다짐해 본다.

벙어리로 살련다

가령 내가 벙어리라면, 말하고자 한들 할 수 있겠는
가. 남들이 내가 벙어리인줄 안다면, 또 너에게 무슨 잘
못이 되겠는가. 벙어리가 되어 말을 할 수 없는 것은 병
이고, 벙어리가 아닌데도 벙어리가 될 수 있다면 무슨
뜻이 있어서이다. 만약 혹시 벙어리도 아니고 벙어리
행세도 할 수 없다면, 누가 나에게 뜻이 있다고 여기겠
는가.

使我而瘖, 雖欲言得乎. 人知其瘖, 又於汝何誅. 瘖而
不能言病也, 不瘖而能瘖心也. 倘或以不瘖而不能瘖,
孰謂汝有心者.

– 윤기(尹愭, 1741~1826),「能瘖箴」

윤기의 글에는 벙어리에 관한 이야기가 자주 등장한다. 심지어는 벙어리로 살기를 맹세한다는 「서음(誓瘖)」이란 글을 쓰기도 했다. 대부분의 잠(箴)은 희망과 다짐을 담지만 윤기는 절망과 자조(自嘲)를 담았다. 벙어리가 아니지만 벙어리로 살 수밖에 없다. 이런 삶은 벙어리보다도 슬픈 삶이다. 입을 열지 않겠다는 다짐은 입을 열어봐야 소용없다는 절망감의 표출에 다름 아니다. 그가 벙어리가 될 수밖에 없던 것은 병 때문이 아니고 마음 때문이었다. 마음이 닫혔기에 말도 입 밖에 낼 수 없었다. 그의 절망에서 나의 절망을 본다.

저녁은 금세 찾아온다

창가로 석양빛이 들어오니 지는 해 쉽게도 넘어가누나. 남은 삶 얼마 남지 않아서 두려워 마음 철렁 내려앉네. 책을 펴고 성현을 대하면 뚜렷하게 마주 대한 듯하니, 감히 즐겁게 놀기나 하며 이 세월 헛되이 보내랴. 덤불 헤치고 길 찾으려 해도 날 저물면 길 찾기 어려우니 수레에 기름 치고 말은 먹이어 빨리 몰아 급히 달려야겠네.

夕日入牖, 流光易沉, 年數不足, 怵然驚心. 開卷對越, 赫若有臨, 敢娛以嬉, 虛此分陰. 披榛覓路, 日暮難尋. 膏車秣馬, 疾驅駸駸

– 이항복(李恒福, 1556~1618), 「警夕箴」

아침이라 생각했더니 벌써 저녁이 찾아왔다. 우리 인생도 이와 다르지 않으니 빛나던 청춘도 금세 서글픈 노년이 되고 만다. 그 짧은 인생을 생각하면 정신이 퍼뜩 나서 책 속에서 성현을 만나려 한다. 노느라 허송세월하기에 인생은 턱없이 짧다. 날이 저물면 길 찾기 어려운 것처럼, 나이 들면 더욱 학문에 매진하기 힘드니 진리를 위해 달려가리라 다짐해 본다.

하루 종일 세 가지 일을 반성하다

아침이 되어 스스로 살필 적에는 밤에 쉰 것에 관해서 묻고, 저녁이 되어 스스로 반성할 때는 낮에 논 것을 점검해야 할 것이니 말한 것이 어떤 선이었으며, 행한 것이 어떤 것을 닮았는가. 어버이를 섬김에는 어떤 효도를 하였으며 임금을 섬김에는 어떤 충성을 하였나. 교화는 어떤 것이 아내에게 미쳤으며, 신의는 어떤 것이 친구에게 미쳤는가. 내 성품이 불과 같으니 참는다고 한들 어떻게 능하게 할 수 있으며, 내 마음은 물과 같으니 맑게 한다고 한들 어떻게 감당하겠는가. 여든의 나이 잘 지켜서 아흔 살에 이르려면 일찍이 날마다 세 가지 일을 반성하고 나를 경계하기를 아침저녁으로 하여야 하니 이것으로 나의 심잠(心箴)을 짓노라.

朝而自省, 叩夜之休, 夕而自省, 檢晝之遊, 所言何善,
所行何修. 事親曷孝, 事君曷忠. 化何及婦, 信何及朋.
吾性如火, 忍之何能, 吾心如水, 淨之何當. 衛躛届九,
曾省日三, 儆我昕夕, 作我心箴.

– 이복휴(李福休, 1729~1800), 「自警箴」

평설

　언행, 효도, 충성, 교화, 신의, 마음과 성품까지 하나
하나 점검해 본다. 아침부터 저녁까지 경계하며, 하루
에 세 가지 일을 따져가며 반성해 보겠다. 나는 오늘도
잘 살았는가?

촛불 켜고 써내려간 좌우명

갑인년 7월 14일 밤에 잠이 오지 않았다. 갑자기 퍼뜩 떠오르는 생각이 있어서 촛불 켜고 붓을 놀려서 자리 모퉁이에 썼으니 싫증 내지 않기를 바란다. 이 말을 죽을 때까지 간직하다가 또 나의 자손들에게 줄 것이다. 심원한 데에 뜻을 둔 자는 술과 여색, 옷과 음식에 욕심을 내지 않고, 큰일에 뜻을 둔 자는 벼슬길의 영화와 재물에 염치를 잃지 않으며, 성실함에 뜻을 둔 자는 악기 연주와 윷놀이와 바둑에 정신을 허비하지 않고, 중요한 데에 뜻을 둔 자는 말과 문장에 재주를 뽐내지 않는다.

甲寅七月十四夜無寐 忽有所思, 呼燭奮筆, 以書座隅, 庶幾無斁 終身斯語, 且以貽我子孫 志于遠者, 不牽慾

於酒色衣食; 志于大者, 不喪恥於宦榮財祿; 志于宗者,
不費神於吹彈樗奕; 志于重者, 不術才於言語詞學.

– 강이천(姜彝天, 1768~1801), 「座隅銘」

평설

　이 글은 강이천의 나이 26세(1794년)에 쓴 것이다. 어느
곳에 관심을 쏟는지가 그 사람의 수준을 말해준다. 빠
져야 할 곳엔 빠지고, 빠지지 않아야 할 곳엔 빠지지 않
아야 한다. 너무 재미난 것은 애초부터 손을 대지 말아
야 하는 법이다. 품은 뜻이 남다른 사람은 더욱 그러해
야 한다. 잠을 자다 퍼뜩 생각이 떠오른 이 젊은이는 자
신이 조심해야 할 것을 조목조목 적어 내려갔다. 강이
천은 12세에 이미 빼어난 시를 써서 28세 정조에게 칭
찬받았지만, 후에 문체반정(文體反正)의 대상으로 지목받
았다. 삶은 그의 다짐을 무색하게 만들며 다르게 흘러
갔다. 그는 불과 33세(1801년)에 신유사옥(辛酉邪獄)에 연루
되어 고문 끝에 옥에서 죽었다.

오래되면 빛나리라

말을 황금처럼 아낄 것이고,

자취를 옥처럼 감춰야 하니

깊이 침묵하고 고요하여서

꾸미거나 속임이 없어야 하네.

마음속에 빛을 모아 두어라

오래되면 밖으로 드러나리라.

惜言如金, 韜跡如玉, 淵默沉靜, 矯詐莫觸. 斂華于衷,
久而外燭.

– 이덕무(李德懋, 1741~1793), 「晦箴」

말은 줄이고 행동은 절제해야 한다. 일체 꾸밈과 속임이 없이 무섭게 나 자신을 침묵과 고요 속에 놓아두려 한다. 그러다 보면 어느새 마음속에 찬란한 빛들이 모여서 언젠가는 남들이 다 볼 수 있게 환하게 드러날 것이다. 나는 지금 가만히 멈춰 있는 것이 아니다. 안으로 끊임없이 성장하다 보면 세상에 쓰일 날이 반드시 찾아오리라. 자신에 대한 결연한 다짐인 동시에 세상에 대한 강렬한 외침이다.

너무 늦게 일어나지 마라

밤이 되어 허물을 헤아려서 유감이 없어야 곧 편안해
지니 벽에 낯을 두고 무릎을 펴게 되면 정신이 맑아지
고 걱정은 사라지네. 맑은 것이 몸에 있어 꿈에서 징험
이 될 것이니 군자는 공경하고 공경하여 너무 늦게 일
어나는 일이 없도록 하라.

夜而計過, 無憾卽安, 面壁舒膝. 神澹慮閑, 淸明在躬,
驗諸夢寐, 君子祇祇. 爾無晏起.

　　　　　　　　　　　　– 홍여하(洪汝河, 1621~1678),「寢箴」

평설

밤에 한 번씩 생각해본다. 오늘 하루 잘못을 저지른

일이 있었던가? 크게 잘못된 일이 떠오르지 않으니 마음이 저절로 편안해진다. 누군가 말했었다. "베개에 누워서 걱정할 일이 생각나지 않으면 그것이 행복이다." 그렇게 편하게 잠을 청하면 꿈도 어지럽지 않아 숙면을 취할 수 있다. 단잠을 자지만 너무 늦게 깨는 것만 조심하면 된다.

난 이렇게 살겠다

한 쪽박 물과 한 그릇 밥이라도 절대로 거저먹지 말며, 한 그릇 밥 먹었으면 걸맞은 힘을 써서 의로움에 맞는 것을 알아야 하리. 하루아침거리 자질구레한 걱정은 생각지 않고 일생동안 할 큰 근심만 걱정을 하며, 병 앓지 않은 여윈 몸이지만, 바꾸지 않는 즐거움을 즐겨야 하리. 염치 지키는 선비 풍모를 숭상하고 간특한 세속의 작태를 미워하리. 남이 칭찬한다고 기뻐하지 말고 남이 헐뜯는다고 노여워 말며 기꺼이 천리를 따르면 여유 있게 터득함 있게 되리라. 무심히 봉우리 위로 보이는 구름 그림자 같이 사심 없이 허공에 걸려 있는 달빛과도 같이 동작과 말에 몸뚱이를 잊어버려서 희황 시대의 순박함으로 돌아가고, 몸가짐과 행동에서 옛 성인을

상상하여 요순 삼대의 전형을 따라야 하리. 부디 그대
는 반성하여 북쪽 벽에서 느끼시라.

水一瓢食一簞, 切勿素餐, 受一飯使一力, 須知義適.
無一朝之患, 而憂終身之憂, 有不病之癯, 而樂不改
之樂. 敦尚士風廉恥, 輕厭俗態詐愿. 勿喜矜譽, 勿嗔
毁辱, 怡然順理, 悠然有得. 無心出岫之雲影, 不阿懸
空之月色. 動靜語默忘形骸. 羲皇上世之淳朴, 容止
軌則存想像, 唐虞三代之典則. 冀子觀省, 感於北壁.

— 김시습(金時習, 1435~1493),「北銘」

　김시습이 나이 40세^(1472년) 때 수락산에 터를 잡고 살
던 시절에 쓴 글이다. 소박한 밥이라도 먹었으면 밥값
을 해야 하니 항상 의로움에 맞는지를 생각해야 한다.
자질구레한 걱정에 끌탕 하지 말고 자아의 완성만을 걱
정하련다. 보잘것없이 깡마른 몸으로 누추한 삶을 안회
^(顏回)처럼 변함없이 즐거워할 것이다. 그렇다고 딸깍발
이 선비로서 절대로 세속에서 벌어지는 작태에 눈감지

는 않겠다. 남들의 평가에 따라 일희일비하지 않고서 천리를 따르다 보면 자득(自得)의 순간이 찾아오리라. 달과 구름을 벗 삼으면서 옛 성인(聖人)이 되려는 노력만은 마다하지 않겠다.

뜻을 세워라

초학자가 뜻을 세울 때는 반드시 성인(聖人)과 철인(哲
人)이 되고자 해야 하니, 속이지도 말고 어긋나지도 말
아서 천성(天性)을 본보기로 삼아야 한다. 타고난 기질은
착하거나 악한 것에 차이가 있다. (하지만) 그 옛날의 그
릇된 버릇을 버리고서 처음의 본성으로 돌아가기만 한
다면 하나의 터럭만큼을 보태지 않아도 온갖 선한 일을
충분히 행할 것이다. 아! 사람들이여, 어찌하여 품은
뜻을 방종하게 하나? 맹자(孟子)는 본성이 선함을 말할
적에 언제나 요임금과 순임금을 말했지만, 요임금 되고
순임금 됨이 어찌 나에게 달려있지 않으리오. 옛날이든
지금이든 어리석든 지혜롭든 오직 지향할 것은 말은 충
실하게 하고 행동은 독실하게 하여 먼저 근본을 세우는

것이다. 늘 분발해야 할 것이니 어찌 다른 데서 구할 것 있나? 안연(顏淵)이 말하였다. "순임금은 어떤 분이며 나는 어떤 사람인가?" 요임금과 순임금을 배우려 한다면 요임금, 순임금이 되는 게 뜻한 것이고, 안연을 배우려 한다면 안연이 되는 게 뜻한 것이니 무릇 뜻을 세움은 배움의 시작이 된다.

初學立志, 必期聖哲, 勿欺勿悖, 天性之則. 氣質所稟,
有異淸濁, 去其舊染, 復其初性, 不增毫末, 萬善足用.
嗟嗟衆生, 胡爲放志. 孟道性善, 必稱舜堯, 爲堯爲舜
豈不在我. 古今愚智, 惟其所向, 言忠行篤, 先立本領.
常當奮發, 豈可他求. 顔淵有言, 舜何予何. 欲學堯舜,
堯舜是也, 欲學顔淵, 顔淵是也, 凡此立志, 爲學之始.

– 박익(朴翊, 1332~1398), 「立志箴」

평설

입지(立志)는 뜻을 세운다는 의미다. 사람이 학문하는 처음에 어떤 뜻을 세우느냐에 따라 인생의 방향이 결정될 수 있다. 『맹자(孟子)』 「등문공상(滕文公上)」에 다음과 같이 나온다. 안연(顔淵)이 말하기를 "순임금은 어떤 분이며 나는 어떤 사람인가? 순임금이 되려고 노력하는 자는 또한 순임금같이 될 것이다[舜何人也, 予何人也, 有爲者亦若是]"라고 했다. 이 말에는 성인이 되겠다는 의지와 성인이 될 수 있다는 자부심이 함께 깔려 있다. 자기 한계를 스스로 규정하는 자는 그보다 더 나은 사람이 될 수 없지만 성인과 같이 도달하기 힘든 목표를 설정한다면 적어도 성인이 될 수는 없을지라도 보통의 사람들보다 나은 삶을 살 수 있다. 지금 닮고 싶은 사람은 누구이며 나는 그 사람처럼 살고 있는가?

평생 지킨 열 두 글자

샷된 생각하지 말고 공경치 않는 일이 없어야 하며, 스스로 속임이 없고 혼자 있을 때 삼가야 한다.

思無邪, 毋不敬, 毋自欺, 愼其獨.

– 이황(李滉, 1501~1570), 「座右銘」

평설

마음에는 바른 생각만 있어야 하고, 마음과 행동 모두 공경스러워야 하며, 자신을 속이지 않아야 하고. 사람들이 없는 곳에서도 도리에 어긋나는 일을 하지 않는다. 이 네 가지 모두 자신의 마음을 가다듬는 것이다. 자신에게 이처럼 엄격한 다짐을 하는 사람이라면 남들에 대한 태도도 그른 것이 있을 수가 없다. 퇴계 선생이 제자인 김우옹(金宇顯)이 변방의 배소에 있을 때 이 열두 자를 써서 보냈더니, 김우옹은 벽에 걸어두고 아침저녁 으로 반성했다고 한다. 스승은 쓰면서 마음에 새겼고 제자는 읽으면서 마음에 두었다.

처음 마음으로 돌아가라

세월이 흘러가서 새해가 돌아오니, 밤에 잠 못 이루고 부모님을 떠올리네. 마음에 두려운 생각 들어 홀연 나 자신을 돌아보니, 천명을 더럽혀서 부모님을 욕보였네. 부끄럽고 두려워서 앉아 새벽을 기다리며, 돌아보니 초심은 성인과 보통 사람이 똑같았네. (성인과 같이) 그대로만 한다면 누가 인(仁)하지 않으랴. 그 기미는 내게 있었는데 어찌 오래 망설였나. 지금부터 맹세하여 띠에 적어두노라.

日月逝兮歲又新.　夜無寐兮懷二人　心內惕兮忽反身,
褻天明兮忝爾親.　愧懼幷兮坐待晨,　顧厥初兮聖凡均.
爲則是兮孰無仁.　幾在我兮胡久邅　矢自今兮書諸紳.

　　　　　　　－ 이숭일(李嵩逸, 1631~1698), 「立春日自警箴 癸亥」

이 글은 이숭일이 53세(1683년) 때 쓴 것이다. 나이가 들수록 새해를 맞는 설레임보다, 헛되이 나이만 먹고 있다는 초조함이 커진다. 무엇보다 부모님께 부끄러운 마음이 든다. 어떻게 낳아주시고 어떻게 길러주셨는데, 이것밖에 안 되었다고 생각하니 미안하고 죄스럽다. 천명(天命)을 간직했다면 부끄러울 것이 없겠지만, 그것을 그르쳤으니 부모님을 욕보인 셈이다. 이런저런 생각에 잠이 오지 않아, 일어나 앉아서 새벽을 기다려본다. 처음 마음이야 성인과 보통 사람이 무슨 차이가 있었겠나. 그 초심(初心)을 간직했다면 누가 인(仁)하지 않겠는가. 지금이라도 늦지 않았으니, 새해에는 그 초심을 회복하려 한다. 단단히 다시 신발 끈을 매어본다.

새해 다짐

경오년이 지나가고 신미년이 되었도다. 악함은 세월과 함께 떠나버리고, 선함은 해와 함께 왔도다. 저 깊숙한 골짜기에서 나와서 이 춘대(春臺)에 올라 보니 요망한 안개는 흩어지고 맑은 바람 불어오누나. 분노를 누르기를 산을 꺾듯이 하고 욕심을 막기를 구렁을 메우듯이 하면 분노와 욕심이 다 사라져서 구름을 헤치면 해가 보이는 것과 같으리라. 중문(中門)을 활짝 여니 삿된 것과 굽은 것 보이지 않고 천하 세상이 모두 다 나의 문에 들어오누나. 옛날에는 나 자신을 이기지 못해 사람의 욕심에 빠져 있었지만, 지금은 이미 이를 극복하여서 천리가 회복되었네. 극복함의 여부에 따라 소인과 군자가 나눠질 것이니 군자가 되려 하거든 반드시 모름지기 자신을 극복해야 하리. 금수와 사람은 아주 털 끝만큼의 차이이니 금수가 됨을 면하려면 어찌 경계하고 두려워하지 않으리. 저 새를 보아도 오히려 멈출 바를 아는데, 사람이 되어서 멈출 줄을 알지 못해서 되겠는가. 멈출 곳을 알면 멈출 곳을 얻게 되니 도는 큰길과 같아서 눈으로 보면 발로 밟아 걷게 된다. 모든 이치의 밝은 것도 한번 보는 데서 비롯되고, 천 리 길을 가는 행차도 한 걸음에서 시작된다. 오늘 하나의 사물의 이치를 궁구하고, 내일도 하나의 사물 이치를 궁구하라. 오늘은 하나의 일을 행하고, 내일도 하나의 일을 행하라. 하나의 사물을 궁구하는 것으로부터 만 가지 사물을 궁구하는 데 이르며, 한 가지 일을 행하는 데로부터 만 가지 일을 행하는 데 이르게 된다. 힘쓰는 데에 그침이 없어야 군자가 된다. 이 밖에 무엇을 구할 것인가. 나의 제자들이여.

庚午歲去, 辛未年來. 惡與歲去, 善與年來. 出彼幽谷, 登此春臺, 妖霧之散, 淳風之回. 懲忿摧山, 窒慾塡壑, 忿慾消盡, 披雲睹日. 洞開中門, 不見邪曲, 四海八荒,皆入我闈. 昔未克己, 人欲之汨, 今旣克之, 天理之復.
克與不克, 小人君子, 欲爲君子, 必須克己. 禽獸與人,
所爭毫髮, 欲免禽獸, 寧不警惕. 相彼鳥矣, 猶知所止,
可以人矣, 不知所止. 知其所止, 得其所止, 道若大路,
目見足履. 萬理之明, 肇於一目, 千里之行, 起於一足.
今格一物, 明格一物. 今行一事, 明行一事. 自格一物,
至格萬物. 自行一事, 至行萬事. 疊疊不已, 乃成君子.
此外何求, 吾黨小子.

– 장흥효(張興孝, 1564~1634), 「新歲箴」

평설

이 글은 장흥효가 68세(1631년)에 지었다. 옛날이나 지
금이나 새로운 한 해가 시작된다는 것은 설레는 일이었
다. 「원조잠(元朝箴)」이나 「신세잠(新歲箴)」에 이러한 마음
을 담았다. 이 글도 역시 새로운 한 해가 좋은 일만 가
득하길 바라는 기원으로 시작해서, 더 열심히 살겠다
는 다짐으로 끝을 맺는다. 알고 보면 소인과 군자, 짐승
과 사람은 그 거리가 그다지 멀지 않다. 멀쩡하던 사람
도 아차 하면 소인이나 짐승이 되기 십상이다. 이와 관

련하여 영화의 대사가 하나 떠오른다. 홍상수 감독의 「생활의 발견」(2002)에서는 "사람 되기는 힘들어. 하지만 괴물은 되지 말자"라는 인상적인 대사가 나온다. 사람답게 살기는 힘들어도 괴물처럼 막 살지는 말자는 말이다. 하루하루를 유의미하게 살도록 노력하지 않을 수 없다. 사물의 이치를 구하고 또 하나의 일을 행하다 보면 어느덧 온갖 이치와 일에 정통한 사람이 될 수 있다.

어석

* 분노를~하면[窒慾塡壑, 忿慾消盡]: 『격언연벽(格言聯璧)』에 "懲忿如摧山, 窒欲如塡壑"라고 했다.

나이 쉰에 맞는 새해

아! 나는 올해 나이가 어느새 쉰 살이 되었다. 지난 49년간의 마음가짐과 처신을 되돌아보니, 마음에 부끄러운 점이 많이 있었다. 어버이를 섬김에는 볼만한 행실이 없었고 조정에 나아가서는 재앙을 자초했으니 부자께서 이를 바 "사십이나 오십이 되도록 세상에 알려지는 일이 없는 사람"이라고 한 것은 나를 두고 이른 것이 아니겠는가. 이에 두려워하면서 마음에서 반성하여 하늘이 밝게 명하신 것을 저버리지 아니할 바를 생각해서 그 잠을 만들어 스스로 경계하노라. 그 내용은 다음과 같다.

어리석은 내 인생이여. 기에 구애되고 외물에 빠져서는 몸을 단속지 못하여 하루도 마치지 못할 듯했네. 근본 이미 잃었으니 어느 곳인들 막히지 않겠는가. 어버이를 섬김에는 건성이었고 임금을 섬김에는 의리가 없으니 나도 남도 모욕하여 소와 말로 취급하네. 나이 아직 젊다면 생각하지 않을 수도 있겠지만, 이제 나이 쉰 살이 되었으니 노쇠하기 시작하는 때이네. 공자께서는 천명을 알았고 거백옥은 49년의 그릇됨을 알았네. 내가 비록 인품은 낮으나 또한 하늘이 주신 것을 받았네. 이미 알고 있다면 어찌 이것을 반성하지 않을 수가 있는가. 반성을 어찌하면 될 것인가. 공경으로 할 뿐이네.

의관은 반드시 단정하고 처신은 반드시 공손히 하며 행실은 반드시 독실하게 하고 말은 반드시 미덥게 하며 욕심 막기를 성(城)과 같이하고 분한 마음을 없애기를 빗자루로 쓸어내는 것같이 하여야 할 것이니, 옛날 교훈들에 마음을 가라앉혀 상제(上帝)를 대해 듯 하여야 할 것이네.

감정이 드러나기 전에는 그 기상을 구해야 하고 이미 감정이 드러난 뒤에는 그릇됨을 경계하여야 하네. 동정 간에 서로 길러 안팎을 함께 지킨다면 영대(靈臺)가 맑고 깨끗해지고 마음이 빛나게 될 것이네. 진실로 이와 같아야만 사람이라고 할 것이네. 이로써 환란에도 평소의 맘을 잃지 않고 이로써 안락해도 교만한 데 이르지 아니하면 발 디딤 늦었지만 허물 고치는 것이 귀하다네. 성현(聖賢)도 또한 사람이니 이렇게 하면 성인이 되리. 봄은 오직 한 해의 머리요, 날짜는 바로 정월 초하루이네. 이렇게 경계의 글을 적어 죽을 때까지 지키리라.

噫! 余今年忽五十矣. 追思四十九年前處心行己之道, 多有可愧於心者. 事親, 無可觀之行, 立朝, 有自作之孼, 夫子所謂四十五十而無聞焉者, 非余之謂乎. 於是惕然反諸心, 思所以不負乎天之明命者, 而爲之箴以自警焉. 其辭曰, 余生之忝, 氣拘物汨. 僬焉厥躬, 如不終日, 本旣失矣. 何往不窒. 事親不誠, 事君無義, 自侮人侮, 牛已馬已. 齒之尙少, 容或不思, 今焉五十, 始衰之時. 仲尼知命, 伯玉知非. 余雖下品, 亦受天畀. 旣已知之, 胡不顧諟. 顧諟伊何. 曰敬而已. 衣冠必整, 居處必恭, 行必篤實, 言必信忠, 防慾如城, 除忿如簑, 潛心古訓, 對越上帝. 未發之前, 求其氣象, 旣發之後, 戒其邪枉. 動靜交養, 內外夾持, 靈臺澄澈, 方寸光輝.

允若乎茲, 是曰人而. 以之患難, 不失素履, 以之安樂,
不至驕恣, 立脚雖晚, 改過爲貴. 聖賢亦人, 爲之則是.
春維歲首, 日乃元始, 書茲警辭, 服之至死.

- 정온(鄭蘊, 1569~1641), 「元朝自警箴 幷序」

평설

정온이 제주도 유배지에서 쉰 살의 나이에 새해를 맞
으며 쓴 글이다. 나이는 초로에 접어들었고 처지는 여
전히 쓸쓸했다. 『논어(論語)』「자한(子罕)」에 "40세나 50세
가 되도록 세상에 알려지지 않는 사람이라면, 또한 두
려워할 것이 없다고 하겠다[四十五十而無聞焉 斯亦不足畏也已]"라
는 공자의 말씀이 유독 귓전을 맴돌았다. 세상에 살았
던 자취도 제대로 남기자 못하고 사라질 것 같은 위기감
이 엄습해왔다. 공자는 나이 쉰에 천명을 알았고 거백
옥은 쉰 살에 마흔아홉 살까지의 잘못에 대해서 반성했
다. 그래서 스스로 무거운 반성을 한번 해본다.

부모에게도 임금에게도 제 할 도리를 다하지 못한 것
만 같다. 내가 무엇을 잘못했던지 옷차림, 처신, 행실,
욕심, 분노 등을 하나하나 점검해 본다. 그렇게 마음을

다잡는 일밖에 할 수 있는 일이라곤 없었다. 새해인데도 미래에 대한 희망적인 다짐은 과거에 대한 쓰라린 회오(悔悟)에 자리를 양보했다. 다시 시작해야 할 시점이지만 다시 시작할 수 없는 절망감도 함께 읽힌다. 그는 55세에 유배지에서 풀려나왔다.

조선의 좌우명

초판 1쇄 인쇄 2023년 04월 10일
초판 1쇄 발행 2023년 04월 20일

지 은 이   박동욱
발 행 인   한정희
발 행 처   경인문화사
편   집   김윤진 김지선 유지혜 한주연 이다빈
마 케 팅   전병관 하재일 유인순
출판번호   제406-1973-000003호
주   소   경기도 파주시 회동길 445-1 경인빌딩 B동 4층
전   화   031-955-9300   팩   스 031-955-9310
홈페이지   www.kyunginp.co.kr
이 메 일   kyungin@kyunginp.co.kr

ISBN 978-89-499-6696-0 03810
값 18,000원